1. Aufl. 2021

Lektorat: Harald Gourgé

Cover/Satz: AdobeStock 356290823, Peggy John

Druck: Druckhaus Nord, Dänemark

ISBN: 978-3-95239-066-5

Cassandra Negra

Wirbelwind an Kapitän

JERRY
MEDIA VERLAG

Der Wirbelwind

In leidenschaftlichen Zeiten

lass ich dich in mich gleiten,

wirble auf das stürmische Meer,

lass die Wellen schlagen,

an dein Herz branden,

lass deine Seele stranden,

und wenn der Sturm sich legt,

bin ich die, die deine Seele trägt,

um in wirbeligen Winden

auf ewig dich zu finden.

Vorwort

„So grenzenlos ist meine Huld,
die Liebe so tief ja wie das Meer.
Je mehr ich gebe, je mehr hab' ich:
Beides ist unendlich."
(William Shakespeare –
„Romeo und Julia")

„Eine neue Liebe ist wie ein neues Leben", sang Jürgen Marcus einst. Ja, Liebe verändert uns – das war so und wird immer so sein. Und wie es sich anfühlt, verliebt zu sein, wissen wir alle: Plötzlich schweben wir federleicht durch unseren Alltag, nehmen alles intensiver wahr, deuten Regenbogen als gutes Omen für all das, was kommen mag, und selbst der Mond strahlt und lächelt plötzlich so sehnsuchtsvoll vom Himmel auf uns herab, dass wir das Gefühl haben, er leuchtet nur für uns. Und wenn aus anfänglicher Verliebtheit erst einmal Liebe erwachsen ist, macht der liebende Blick unsere Welt zu einem besseren, einem strahlenden Ort. Nichts wollen wir dann sehnlicher, als Zeit mit dem Menschen zu verbringen, der unser Herz erobert und einen festen Platz in unserem Leben eingenommen hat. Und doch ist in Zeiten von Corona alles anders, denn nun verändert ein Virus die Liebe: Alles ist neu – sowohl für Paare, die in Familien zusammenleben, als auch für solche, die eine Fernbeziehung führen. Doch am meisten verändert Corona die Liebe für alle, die sich neu verlieben wollen. Denn wie soll eine junge Liebe entstehen und wachsen in einer Zeit, in der alles dafür getan werden muss, um Menschen voneinander zu trennen und zu isolieren? Welche Chance hat eine junge Liebe in einer Epoche, die geprägt ist von Social Distancing, Abstand, Isolation, von täglich wechselnden Geboten und Verboten,

Quarantänevorschriften, roten Listen, allgemeiner Unsicherheit, Angst und zunehmender Einsamkeit?

Quo vadis, Liebe in Zeiten von Corona? Doch keine Angst. So düster sind die Szenarien für die Liebe auch in diesen ungewöhnlichen Zeiten nicht, denn es gibt neue, andere Wege, sich zu begegnen, die aufregend anders, manchmal abenteuerlich und riskant sind und stets aufs Neue Fantasie, Ideenreichtum und Spontanität erfordern. Und haben nicht alle legendären Liebespaare der Literatur oder Filmgeschichte bewiesen, dass Liebe immer einen Weg findet?

Liebe überwindet jedes Hindernis. Und was für legendäre Liebespaare gilt, gilt erst recht für Paare in Zeiten wie diesen. Denn Liebe entsteht und wächst ja gerade dann, wenn sie schwierige Zeiten übersteht, wenn Liebende nicht aufgeben, neue Wege und Möglichkeiten suchen und unerschütterlich daran glauben, dass alles gut wird – selbst dann, wenn es manchmal nicht danach aussieht. „Liebe erträgt alles, sie glaubt alles, sie hofft alles ...“, so steht es in 1. Korinther 13,8. Die Geschichte von Soey und Sebastian erzählt eine der vielleicht ungewöhnlichsten Liebesgeschichten des Jahres 2020. Es ist eine Geschichte, wie sie eigentlich nur das Leben selbst schreiben kann.

Müde klammerte sich Käpt'n de Vries an das große hölzerne Steuerrad. In wasserdichter Skijacke und mit tief ins bärtige Gesicht gezogener Wollmütze stand er seit Tagen an Deck. Die Wellen brachen sich immer wieder krachend an seinem Segelboot. Gischt schlug ihm ins Gesicht. Weit und breit hatte er kein anderes Schiff gesehen. Warum in aller Welt tat er sich das an? Es wusste doch, dass gerade diese Passage so schwierig und das Wetter hier so unberechenbar wie nirgendwo sonst war. „Verdammt noch mal", dachte er. „Du alter Haudegen, du musstest es ja unbedingt noch einmal wissen." Wieder hielt er Ausschau nach umherschwimmenden Eisschollen, was durch die meterhohen

Wellen einem fast aussichtslosen Unterfangen glich. Dennoch gab er nicht auf, denn er wusste, dass die Schollen zu klein für sein Radar waren und eine große Gefahr darstellten. Sollten sie sein Boot erwischen, gab es keine Rettung. Das Wasser hatte hier nur noch zwei Grad. Zu kalt, um darin auch nur wenige Minuten zu überleben. Wieder blickte er auf seinen Kompass, um sicherzugehen, dass er noch auf dem richtigen Kurs war, während das tonnenschwere Segelschiff ununterbrochen auf den Wellen tänzelte und hinab in die Täler der meterhohen Wellen schlitterte, die der Schneesturm aufpeitschte. Gott sei Dank hatte er alles mit dicken Seilen festgezurrt, denn lose Gegenstände hätte die Gischt bei solchen Windstärken sofort weggespült.

Obwohl de Vries schon viele gefährliche Situationen auf See erlebt hatte, schien diese doch anders. Er fühlte sich müde, fast kraftlos. Immer wieder hatte er das Gefühl, dass seine klammen Hände jeden Moment die Kontrolle über das Steuer verlieren würden. Was würde geschehen, wenn er von dieser Tour nicht zurückkehren würde? Niemand wartete zu Hause auf ihn. Seine Frau war vor drei Jahren bei einem Autounfall ums Leben gekommen, ebenso seine geliebte Tochter. Alles, was er je in seinem Leben geliebt hatte, hatte er bereits verloren. Was bedeutete das Leben also schon noch für ihn? Unvermittelt schien es ihm, als würde der Wind an Kraft verlieren und eine sanfte Brise über sein Gesicht streichen. Manchmal glaubte er gar, im dichten Treiben des Schneesturms eine zarte Frauengestalt zu erkennen. „De Vries, du läufst Gefahr, den Verstand zu verlieren. Zu lange hast du nichts gegessen, nichts getrunken und nicht geschlafen." Wie viele Tage stand er jetzt bereits ohne Unterlass am Steuer? Er wusste es nicht. Er hatte das Ge-

fühl für Zeit und Raum längst verloren. Plötzlich war es ihm, als könnte er eine zarte, flüsternde Stimme wahrnehmen. Jemand raunte ihm sanft ins Ohr: „Gib nicht auf. Wenn du in gewohnter Weise gegen mich ankämpfst, wirst du es dieses Mal nicht schaffen. Du musst mir erlauben, dich zu tragen … zu deiner Bestimmung."

„Verdammt noch mal!", schrie de Vries in die Dunkelheit, dem Wind und den Wellen entgegen. „Ihr habt gewonnen, ich gebe mich geschlagen."

Plötzlich spürte er erneut eine sanfte Berührung. Wieder vernahm er die zarte Stimme: „Ich bins, der Wind. Ich bin der wahre Käpt'n des Meeres. Sobald ich die makellose Oberfläche des Meeres berühre, verändert sich alles. Ich erschaffe Wellen, schiebe sie vor mir her, lasse nicht nach und treibe sie weiter, bis sie sich immer höher und wilder auftürmen. So entstehen jene tobenden Wogen, mit denen du *jetzt kämpfst. Du bist ein guter Kapitän. Aber lass zu, dass ich einmal dich trage.“ Wieso redet der Wind mit mir?, überlegte de Vries und versuchte die Halluzinationen abzuschütteln. Doch die Stimme blieb hartnäckig und fuhr fort: „Ich kann nichts ausrichten, wenn du mir nicht erlaubst, dich zu tragen.“*

„Aber wenn ich das zulasse, bin ich verloren“, entgegnete de Vries. „Dann verliere ich die Kontrolle, gebe das Steuer ab und bin kein Kapitän mehr.“

„Der wahre Kapitän erkennt, wann er auf eine höhere Macht vertrauen muss“, entgegnete der Wind. „Vertraue. Lasse all deine Überzeugungen und Erfahrungen los und ich bringe dich sicher ans Ziel.“

„Wie kann ich wissen, dass alles so eintrifft, wie du es sagst?“, schrie de Vries.

„Du kannst es nicht wissen“, antwortete der Wind. „Es gibt keinen Beweis. Du musst es glauben und musst mir vertrauen.“

De Vries war verzweifelt. Wie sollte er durch dieses Unwetter kommen, wenn er das Steuer losließ? Obwohl er spürte, dass seine Finger längst erfroren und er am Ende seiner Kräfte war, sträubte sich doch alles in ihm dagegen, loszulassen. Dennoch spürte er, dass es etwas tief in ihm gab, dass schon längst dazu bereit war. Warum sollte er also nicht einmal in seinem Leben diesem Gefühl nachgeben?
De Vries nahm seine Hände vom Steuerrad, schloss die Augen und wartete auf sein Ende. Doch nichts dergleichen geschah. Das Unwetter legte sich, der Himmel riss auf, die See beruhigte sich. Als er die Augen öffnete, traute er seinen Sinnen kaum: „Land in Sicht!", schrie er zitternd vor Erregung mit erstickter Stimme wie ein Ertrinkender, der gerade noch rechtzeitig gerettet wurde. Er sah die schneebedeckten Berge, die die antarktische Halbinsel säumten, sah, wie sich einige Robben

und Pinguine an Land bewegten. Plötzlich schoss direkt neben ihm ein großer Buckelwal aus dem Wasser, der sich bis auf wenige Meter an sein Boot herangetraut hatte. Eine ganze Weile schwamm er neben ihm her und sein Blick schien das Innerste seiner Seele zu berühren.
Danke, Wind!, dachte der Kapitän und schmunzelte. „Da musste ich so alt werden, um einmal so etwas Schönes zu erleben …"

Italien, Prato, Februar 2020. Müde saß Luan seit Stunden vor seiner alten Nähmaschine. Kein Licht drang ins Innere der riesigen Fabrikhalle. Die Luft war trocken und stickig und alle Fenster waren mit Plastikfolie verdunkelt. Nur der schwache Schein einer Lampe, die auf dem schlichten Holztisch vor ihm stand, spendete etwas Helligkeit. Luans Hände zitterten, während er den zarten, seidenen Stoff unter die Nadel der Maschine schob. Immer wieder rutschte er ab und musste die Prozedur wiederholen. Seine Augen brannten. Sein hagerer, schmächtiger Körper war heiß. Vermutlich hatte er Fieber. Mit bebenden Händen griff er nach der kleinen Schale Reissuppe, die auf seinem Tisch stand. Für eine Pause blieb keine Zeit. Gierig nahm er einen großen Schluck. *Merkwürdig,* dachte er, *die Suppe schmeckt nach nichts.* Langsam stellte er die kleine Schale wieder auf den Tisch. Er hustete wieder und wieder. Manchmal drangen Geräusche zu ihm herüber, die er wie durch einen dichten Nebel wahrnahm ... Er hörte das Rascheln der Stoffe und lauschte dem gleichmäßigen Rattern und Summen, das den Raum erfüllte. Von Zeit zu Zeit wurde es für einige Sekunden still, dann kehrte das Geräusch zurück, schwoll an, wurde stärker und verstummte erneut. Plötzlich sah er sich auf einem riesigen grünen Reisfeld stehen. Die Sonne hatte sich gerade durch die weißen, fluffigen Wolken gekämpft. Ein lauer Windzug fuhr unter die breite Krempe seines Strohhutes und streichelte seine Haut, während er auf seiner Violine spielte. Versonnen ließ er seinen Blick über den blauen Horizont schweifen. Unvermittelt vernahm er die vertraute Stimme seiner Schwester. Wie sehr hatte er sie vermisst! Dann spürte er, wie sie ihn von hinten umfing, stürmisch umarmte und küsste. „Luan, wie lange haben wir uns nicht gesehen! Endlich bist du hier, hier bei mir …“ Beseelt vernahm er ihr glockenhelles Lachen. Dann löste sich das Bild auf. Luan spürte, wie sich seine Kehle Stück für Stück weiter zuschnürte und er immer weniger Luft bekam.

Plötzlich wurde es laut. Etwas hämmerte und schlug gegen das schwere eiserne Eingangstor, bis es aufsprang. Gleißendes Licht fiel in den alten Backsteinbau und blendete ihn. Polizisten stürmten in die Halle, deren Boden übersät war mit Stoffballen, Nadeln, Scheren, Stoffresten und Garn.

Luans Lunge brannte. Seine geröteten Augen konnten sich kaum an die plötzliche Helligkeit gewöhnen.

Immer wieder kniff er sie zusammen. Dann spürte er einen harten Griff an seinem Arm. Einer der Polizisten zog ihn hoch. „Mitkommen!“, rief er barsch. „Haben Sie Papiere, einen Ausweis bei sich?“ Luan schüttelte den Kopf. *Verdammt,* dachte der junge Polizist. Wie oft würden sie hier noch Menschen finden, die unter unwürdigen und unmenschlichen Bedingungen tage-, ja wochen- und monatelang für einen Hungerlohn schufteten?

Der junge Mann tat ihm leid. „Wie heißen Sie?“, fragte er. Erneut keuchte und bellte Luan. Das Sprechen fiel ihm enorm schwer. Immer wieder versuchte er, mit seinen Lippen eine Antwort zu formen, doch ihm fehlte die Kraft. Schließlich brachte er ein leises „Luan“ hervor, das von einem weiteren Hustenanfall erstickt wurde. Dann brach er zusammen. „Verdammt“, sagte der junge Italiener, „was ist mit Ihnen,

Luan? Luan? Wir brauchen hier einen Rettungswagen! Schnell! Jemand ist zusammengebrochen", rief er seinen Kollegen zu, während er Luan so gut es ging nach draußen schleppte.

Immer mehr junge Chinesen tauchten nun aus dem Halbdunkel der Fabrikhalle auf, wurden von Polizisten nach draußen geführt und rieben sich die Augen. Die meisten von ihnen hatten weder Aufenthaltserlaubnis noch Papiere. Hastig hatten sie ihre Kleidung, Computer, Woks und Tiefkühlnahrung in große Plastikbeutel gestopft, die sie jetzt hinter sich herzogen. „Sie können das nicht mitnehmen", versuchte einer der Beamten einem jungen Chinesen zu erklären, der ihn anstarrte und irgendetwas erwiderte, das der Italiener nicht verstand.

Als alle draußen waren, verschlossen Polizisten die Fabriktür mit einer dicken Kette. Endlich traf auch der

Rettungswagen ein. Schnell sprangen Sanitäter heraus und rannten zu dem jungen Polizisten, der neben Luan kniete. Er hatte ihn beatmet, hatte mit seiner Hand auf das untere Drittel des Brustbeins gedrückt und in rhythmischen Abständen sein Herz massiert. „Luan", rief er zum wiederholten Mal, „können Sie mich hören?" Dann ließ er sich verzweifelt auf den kalten Boden sinken. „Ich habe versucht, ihn wiederzubeleben", flüsterte er. „Ich habe es wirklich versucht!"

„Es ist gut. Wir kümmern uns jetzt um ihn", sprach einer der Sanitäter sanft und zog ihn behutsam zur Seite. „Sie können jetzt aufhören."

Berlin, einige Monate später. Müde und erschöpft saß Soey auf dem unbequemen Plastikstuhl am Ende des kargen Krankenhausflurs der Berliner Charité. Dunkle Ringe zeichneten sich unter ihren tiefblauen Augen ab, sie war blass und obwohl sie bereits sehr schlank war, hatte sie einige Kilo Gewicht verloren. Soey atmete schwer. Und die FFP2-Maske, die sie trug, machte es nicht gerade leichter. Ihre Gefühle fuhren Achterbahn, ihre Gedanken rasten. Wie in einem Karussell drehten sie sich Runde um Runde im Kreis … weiter, immer weiter. Alles ging so schnell, dass ihr schwindlig wurde. Wie würde es wohl weitergehen? Und wollte sie überhaupt, dass es weiterging? Natürlich ging es im Leben immer weiter. „Und wenn du glaubst, es geht nicht mehr, kommt von irgendwo ein Lichtlein her …“, hatte ihre Mutter immer gesagt, um sie zu trösten. Doch so einfach war es eben nicht. Zum wiederholten Mal spürte sie, wie sich ihr Bauch zusammenzog und der Schmerz sie überwältigte. Tränen rannen über ihre Wangen. *Verdammt noch mal,* dachte sie, *warum muss das Leben nur so grausam sein?* Reichte es nicht, dass sie ihr Kind verloren hatte? Musste nun auch noch Christian verrücktspielen? Warum hatte er sie betrogen und allein zurückgelassen – in dieser schweren Zeit? Der Schmerz wurde so übermächtig, dass sie glaubte, jeden Moment den Verstand zu verlieren. Verzweifelt stützte sie den Kopf in ihre Hände. Gerade so, als wollte sie sich unsichtbar machen, aus dem Hier und

Jetzt verschwinden – abtauchen für immer … Doch es gelang ihr nicht. Die Bilder waren zurück …
Es war ein herrlicher Sommertag gewesen. Die Sonne hatte durch die Fenster ihrer schicken Jugendstilvilla im Berliner Grunewald geschienen und das Innere mit Licht und Wärme geflutet. Gerade hatte sie sich fertig gemacht, hatte ihre bequemen Leggings angezogen und war in einen kuscheligen Oversize-Pulli geschlüpft. Christian war zu ihr herübergekommen, hatte sich hinter sie gestellt und ihren Bauch, der nun nicht mehr zu übersehen war, sanft mit seinen Armen umfangen. Zärtlich hatten seine Hände über die Wölbung gestreichelt. Er war ganz nah bei ihr. Sie konnte die Wärme seines Körpers spüren, konnte fühlen, wie er atmete und sich seine Brust hob und senkte, und sie hörte seinen Herzschlag. Sie fühlte sich wohl in seinen Armen. Geborgen, zu Hause.

Endlich! Ja, sie war glücklich, als er ihr ins Ohr hauchte: „Ich liebe dich." Es war einer jener Momente, die sie gern für die Ewigkeit bewahrt hätte. Doch sie wusste, dass es gerade diese Augenblicke des Glücks waren, die flüchtiger und scheuer waren als ein Reh, das in der Morgendämmerung an einer Lichtung auftauchte. Sobald es nur den Hauch einer Bewegung wahrnahm, war es fort – so schnell wie es gekommen war im Schutz des Waldes verschwunden ... Als Christian ihr einen Kuss auf den Hals gab und seine Umarmung löste, spürte Soey plötzlich ein Ziehen in ihrem Unterbauch. Gleich darauf war der Schmerz wieder weg. Soey sagte nichts, ging zum Fenster und versuchte, die sorgenvollen Gedanken zu verdrängen. Dann hörte sie, wie Christian ihr zurief: „Bis heute Abend, Schatz. Es wird sicher spät, warte nicht auf mich." Wenig später fiel die Tür klackend ins Schloss. Sie war allein. Langsam setzte sie sich auf den kleinen Hocker, der vor ihr stand, und zog ihre Joggingschuhe an. Schließlich wollte sie dieses herrliche Wetter nutzen, um eine Runde durch den Park zu drehen. Als sie fertig war, rief sie Charly, ihren Border Collie-Mix, zu sich, öffnete die Tür und trat hinaus in den Garten. *Was für ein wunderschöner Morgen*, dachte sie, während sie das Gartentor öffnete und gemeinsam mit Charly in den kleinen Park vor ihrem Haus lief. Sie war gerade in den kleinen Weg hinunter zum See eingebogen, als das Ziehen wieder einsetzte. Soey versuchte, es zu ignorieren, so gut es ging, aber dieses Mal war es stärker. Schließlich wurde es so intensiv, dass sie sich auf eine der roten Holzbänke am Ufer setzen musste. Verdammt noch mal, was war das? Plötzlich bemerkte sie, dass ihre Hose voller Blut war. Das war kein gutes Zeichen! Sie musste umkehren, jetzt sofort. Aber konnte sie das? Die Krämpfe wurden stärker, immer mehr zog sich ihr Unterbauch zusammen. War sie stark genug, es allein zum Krankenhaus zu schaffen? Nein, sie wollte Christian nicht anrufen. Sie wollte ihn nicht aus seinem wichtigen Meeting reißen, ihn nicht unnötig beunruhigen. Soey stand auf, doch das Gehen fiel ihr schwer. Die Schmerzen waren so stark, dass sie es nur langsam und in gebückter Haltung schaffte, sich fortzubewegen. Charly war ganz nah zu ihr gekommen. Er spürte, dass etwas nicht stimmte, und wich nicht von ihrer Seite. Ein älterer Mann, der gerade am See spazieren ging, bemerkte sie. Er kam zu ihr und fragte, ob er helfen könnte. Soey schüttelte den Kopf, denn zum Sprechen fehlte ihr die Kraft. „Sie brauchen Hilfe!", sagte der Mann, und seine Stimme drang wie aus weiter Ferne zu ihr durch. „Ich rufe den Notarzt!"

Gleich darauf hörte sie die Tastentöne eines Handys und erneut die Stimme des Mannes, der die Situation schilderte und den Standort durchgab. Das Letzte, was Soey sah, bevor sie ohnmächtig wurde, war das Blaulicht eines Rettungswagens.

Jetzt blickte sie in Christians sorgenvolle Augen, als er an ihrem Krankenhausbett saß, und sie vernahm seine warme, vertraute Stimme: „Du machst Sachen, Schatz. Warum hast du mich nicht angerufen? Es tut mir so leid ..." Soey versuchte, sich aufzusetzen, aber es gelang ihr nicht. „Es ist meine Schuld", sagte sie schließlich und schluchzte. „Ich hätte auf die Ärztin hören und mich mehr schonen müssen, statt auf Lesereise zu gehen." „Nein, Schatz", sagte Christian, „es ist nicht deine Schuld, das darfst du nicht denken. Niemand hat Schuld."

Doch seine tröstenden Worte halfen ihr nicht. Sie hatte ihr Kind verloren, und wer außer ihr sollte daran schuld sein?

Die Wochen danach waren furchtbar. Immer weiter zog sich Soey zurück und sank tiefer in eine Depression. Sie trauerte still und allein. Stundenlang saß sie auf dem alten chinesischen Teppich in ihrem Zimmer, zündete Kerzen an und meditierte vor der alten hölzernen Buddha-Statue, die am Fenster stand. Sie fühlte sich zerrissen von ihrem Kampf gegen die Schuldgefühle, die sie immer wieder heimsuchten, zerrissen von ihrem Schmerz, der so übermächtig war, dass er ihr den Atem nahm, zerrissen von ihrer Trauer, die immer wieder über sie hereinbrach wie eine Welle, unter der sie versank, bis sie zu ertrinken glaubte, zerrissen vom Gefühl der Leere, die sie spürte, und dem ständigen Kampf gegen sich selbst ... „Wo bist du jetzt?", schrie sie wieder und wieder in die Dunkelheit. „Warum hat das Schicksal dich so früh aus meinem Leben genommen? Wieso? Verdammt noch mal, wieso?" Doch Antworten auf ihre Fragen bekam sie nicht. Wie so oft im Leben blieb das Schicksal stumm. Wie sollte es ihr auch erklären, was geschehen war? Welchen Grund sollte es geben, dass ein kleiner Mensch, dessen Leben noch nicht einmal begonnen hatte, so jäh aus diesem Dasein gerissen wurde? Welchen Sinn sollte es haben, dass sie ihn nie in ihren Armen halten, nie seine Stimme hören und nie seine zarte Haut berühren konnte? Welchen Grund konnte es geben, dass sie nie sein Lachen hören, nie seine ersten zarten Schritte sehen und nie das Glück verspüren würde, zu hören, wie er zum ersten Mal „Mama" über die Lippen brachte? Und warum durfte sie ihn nie mit ihren fantasievollen Geschichten in den Schlaf wiegen, um später das Licht in seinem Zimmer zu löschen, warum nicht erleben, wie er seine erste große Liebe traf? Sie hätte ihn getröstet, wann immer er Kummer gehabt hätte, und gern wäre sie auf seinem Weg durch dieses Leben an seiner Seite gewesen. *Vielleicht wäre ja aus ihm ein großartiger Musiker, Mediziner, Maler oder vielleicht Mathematiker geworden,* überlegte Soey. Wieso durfte sie diesem kleinen Zauberwesen nicht all ihre Liebe, die sie tief in sich spürte, schenken? „Verflucht noch mal! Warum?“, schrie sie. Aber sosehr sie sich auch anstrengte, sosehr sie sich auch marterte, und sooft sie auch meditierte und betete und versuchte, Antworten zu finden, es gelang ihr nicht. Was blieb war der Schmerz, die Trauer und das schreckliche Gefühl, etwas Wertvolles verloren zu haben, das sie nie kennenlernen durfte. Vielleicht, überlegte Soey, ging es ja auch gar nicht um Abschied, sondern

darum, mit diesem kleinen Wesen zu leben. Es für immer in ihrem Herzen bei sich zu tragen. Vielleicht ging es darum, weiter mit ihm in Kontakt zu bleiben, mit ihm zu sprechen, ihn zu spüren. Ja, vielleicht würde er für immer ein Teil von ihr bleiben ... Soey spürte, wie ein warmes Gefühl sie durchströmte, sie spürte, dass sich etwas veränderte.
Christian wusste nicht mehr, was er tun sollte. Er konnte Soey nicht verstehen und kam einfach nicht mehr an sie heran. Immer öfter kam er erst spät nach Hause. Anfangs hatte Soey es nicht bemerkt, weil sie viel zu sehr mit sich und ihrem Schmerz beschäftigt war. Doch nach und nach spürte sie, dass Christian sich verändert hatte. Sie spürte, dass er ihr nicht mehr nahe war, spürte, dass seine Gedanken sie nicht mehr begleiteten und seine Liebe sie nicht mehr einhüllte.

Und dann, in jener Nacht, konnte sie ihre Gefühle nicht länger ignorieren. Als er in den frühen Morgenstunden die Tür aufschloss, sich leise auszog und zu ihr ins Bett legte, schaltete sie das Licht ein, setzte sich auf und sagte: „Christian, ich weiß längst, dass du nicht mehr bei mir bist. Ich spüre, dass du fortgegangen bist – mit deinen Gedanken, deinen Gefühlen. Bitte hab den Mut, ehrlich zu mir zu sein … auch wenn es mich verletzt."
Christian war verdutzt. Einen Moment lang glaubte er, dass seine geliebte Soey zurück war – mit all ihrer Kraft, ihrer Stärke und mit jener entwaffnenden Direktheit, die er immer so sehr an ihr geschätzt und bewundert hatte. Er setzte sich auf die Bettkante und betrachtete sie lange. „Weißt du, Soey, ich habe das nicht gewollt, denn ich habe dich wirklich sehr geliebt. Bitte glaub mir, dass ich dir nie wehtun wollte …"

„Du wolltest es nicht, aber du hast es getan", flüsterte Soey und spürte, wie sich ihr Bauch zusammenzog und dass sie ihre Tränen nicht mehr zurückhalten konnte. Ein ums andere Mal durchströmte sie dieses Gefühl unendlicher Traurigkeit. Es war wie eine Woge, die sich rasend schnell von ihrem Bauch über ihre Brust ausbreitete, ihr Herz umspülte, bis sie sie schließlich überflutete. Mit erstickter Stimme setzte sie nach: „Bitte geh! Du weißt, dass ich das so nicht mehr aushalte ..." Wenig später war die Tür ins Schloss gefallen. Christian war fort.
Sie war allein.

„Soey Schneider?"
Die Stimme der jungen Ärztin auf dem Flur riss sie jäh aus ihren Gedanken.
„Ja", antwortete sie und war froh, wieder im Hier und Jetzt zu sein.
„Kommen Sie", sagte die Medizinerin und begleitete sie in das kleine

Sprechzimmer. Während sich Soey auf den Stuhl vor dem Schreibtisch setzte, betrachtete die Ärztin ein weiteres Mal die Aufnahmen und Untersuchungsergebnisse.

„Die Nachuntersuchung hat gezeigt, dass alles normal verlaufen ist."

Soey hörte ihre Worte und spürte, wie sich alles in ihr schmerzvoll verkrampfte. Normal? Wie konnte alles normal verlaufen sein? Hatte die Ärztin überhaupt überlegt, was sie ihr da sagte? Nichts würde je wieder normal werden in ihrem Leben ... Nie mehr würde sie in Christians Armen liegen, sich geliebt und geborgen fühlen wie in jenem Augenblick, in dem sie so glücklich war, dass sie ihn gern für immer festgehalten hätte. Nichts war mehr normal! Sie hatte verloren, was sie am meisten liebte. Wie sollte ihr Leben jemals wieder normal sein?

„Hoffnung ist nicht, dass alles gut wird.
Hoffnung ist, das Unbekannte
zu umarmen.“
(Unbekannter Verfasser)

Berlin, zwei Wochen später. Zögerlich ging Soey die schmale Treppe des roten Backsteinhauses der Grunewald-Gemeinde hinauf. Ausgerechnet eine Selbsthilfegruppe! Welcher Teufel hatte sie da nur geritten? Sie hatte doch schon einmal eine solche Selbsthilfegruppe aufgesucht und die Erfahrung gemacht, dass alles nur viel schlimmer wurde. Noch gut erinnerte sie sich an all die Schicksale, mit denen sie dort konfrontiert worden war. Sie erinnerte sich, wie sehr

sie das alles mitgenommen hatte, weil bei jeder Geschichte immer auch etwas von ihrer eigenen mitschwang. Und am Ende des Abends war sie betrübter nach Hause gegangen, als sie gekommen war. Warum also sollte es heute besser werden?
Als sie im ersten Stock angelangt war, öffnete die Pfarrerin die Tür und begrüßte sie mit „Herzlich willkommen. Ich bin Waltraud“. Ihre Stimme klang so vertraut. Woran erinnerte sie Soey nur? Die Stimme hatte etwas Sanftes und Bestimmendes zugleich. Ja, da sprach jemand, der genau wusste, was er wollte. Jemand, der keine Kompromisse machte. *Das passt ganz und gar nicht zu einer Pfarrerin, die stets ausgleichen sein und vermitteln muss,* dachte Soey. *Das wird sicher spannend. Zudem sieht sie recht sympathisch und unkonventionell aus.* Für einen Moment keimte Hoffnung in ihr auf. Vielleicht war sie hier und

heute doch nicht so falsch, wie sie glaubte! Zögerlich betrat sie den hellen Raum, der liebevoll mit Blumen, Gebäck und Tee hergerichtet war. In der Mitte stand eine tibetische Klangschale. *Sehr ungewöhnlich für ein Gemeindehaus*, überlegte sie und es gefiel ihr. Im Zimmer roch es nach Weihrauch.

„Bin ich die Erste?“, fragte sie, als sie sich auf einen der sechs Holzstühle setzte.

„Ja, und vermutlich werden wir heute auch nur zu dritt sein.“

Waltraud hatte die letzten Worte noch nicht ausgesprochen, als es an der Tür klingelte.

„Ah, das wird die andere junge Frau sein, die sich heute bei mir angemeldet hat.“

Kurz darauf blickte Soey in die Augen einer schlanken, dunkelhaarigen, etwa 25-jährigen Frau.

„Hallo“, begrüßten sie sich mit einem kurzen Nicken und scheuem Blick.

Soey war gespannt, wie die Sitzung verlaufen würde.
Die Pfarrerin setzte sich. Die Endfünfzigerin war eine attraktive Erscheinung mit blonden Haaren und einem schlanken Körper, der in Jeans und eine rote Seidenbluse gehüllt war, die ihren blassen Teint so gut unterstrich. Wieder lauschte Soey dem Klang ihrer Stimme, der ihr so vertraut schien. Ihre Gedanken drifteten ab. Zeit und Raum verloren an Bedeutung. Sie war zurück an jenem 7. Juli des Jahres 2007: Aufgeregt zupfte sie an dem langen Kleid, das sie so wunderschön aussehen ließ. Langsam durchschritt sie an der Seite ihres Vaters den schmalen Gang der kleinen Kapelle. Die Gäste waren aufgestanden, die Violinistin spielte das *Ave Maria.* Soey verdrückte ein paar Tränen des Glücks. Christian stand schon dort vorne und betrachtete sie mit jenem liebenden, begehrlichen Blick, der sie

so unwiderstehlich angezogen hatte. Wie sehr sie ihn liebte! Dann war es so weit: Ihr Vater übergab sie an Christian, und der nahm zärtlich ihre Hand. Dann knieten beide nieder. Die junge Pfarrerin mit der Stimme, die etwas Warmes und zugleich Bestimmendes hatte, segnete sie und begann mit den Worten: „Sind Sie hierhergekommen, um nach reiflicher Überlegung und aus freiem Entschluss den Bund der Ehe zu schließen?“
Beide antworteten mit „Ja“. Wieder sah Christian Soey so an, dass ihr Herz einen Satz machte und sie fürchtete, dass es irgendwann aus ihrer Brust springen könnte, weil es so schnell und laut schlug.
„Wollen Sie sich lieben und achten und die Treue halten in guten wie in schlechten Tagen?“, hörte sie die Worte der Pfarrerin.
Wieder antworteten sie mit einem „Ja“, das tief aus ihren Herzen kam.

Nein, es gab keinen Zweifel mehr, kein Zurück, kein Vielleicht, kein Zögern. All die Verletzungen der letzten Jahre, all die Enttäuschungen und die Angst, dass auch dieses Glück nur flüchtig sein würde, waren verschwunden. Es gab nur sie und ihn, vereint in vollkommener Nähe im Hier und Jetzt.
„So schließen Sie jetzt vor Gott und vor der Kirche den Bund der Ehe, indem Sie das Vermählungswort sprechen. Bitte stecken Sie einander die Ringe an", sagte die Pfarrerin und lächelte, als sie sah, wie nervös der Bräutigam war, der die kleine Schachtel umständlich aus seinem schicken Stresemann fingerte. Christian blickte Soey an und konnte seine Tränen nicht zurückhalten. Obwohl er ganz und gar nicht der Typ Mann war, der zu sentimentalen Gefühlsregungen neigte, wurde er von seinen Emotionen überwältigt. Mit zitternden Fingern steckte er Soey den schlichten

Platinring an. Wenig später tat sie es ihm gleich, und dann gab es für beide kein Halten mehr. Sie mussten sich berühren, mussten die Nähe des anderen spüren. Christian zog sie an sich und küsste sie so lange, leidenschaftlich und innig, als gäbe es kein Morgen mehr. Sie spürte seine Lippen, fühlte, wie seine Zunge ihre umspielte und vernahm jene verführerische Melodie, der sie sich ganz und gar hingab. Es war ein so sinnlicher, intimer Moment, dass er ihre Sinne ganz gefangen nahm. So sehr waren Christian und sie in sich und ihrem Glück versunken, dass sie das Protokoll und alles um sich herum vergaßen. Die Gäste waren von ihren Plätzen aufgesprungen und klatschten und pfiffen.

Die Pfarrerin schmunzelte und fuhr fort: „Reichen Sie nun einander die rechte Hand. Gott, der Herr, hat Sie als Mann und Frau verbunden. Er wird zu Ihnen stehen und das Gute, das er begonnen hat, vollenden.“ Dann legte sie die Stola um die ineinander gelegten Hände der Brautleute und ergänzte: „Im Namen Gottes und seiner Kirche bestätige ich den Bund, den Sie heute geschlossen haben. Was Gott verbunden hat, darf der Mensch nicht trennen.“ Wieder küssten sie sich und die Zeit schien stillzustehen. Es war jener Augenblick, der so schön war, dass man ihn für immer festhalten, für immer in seinem Herzen bewahren wollte.

Nur langsam kam Soey in die Gegenwart zurück. Die Bilder verblassten, die Erinnerung riss ab. Wie durch einen Schleier und leise hörte sie die Worte der Pfarrerin.
„Tut mir leid“, sagte Soey. „Die Erinnerung hat mich für einen Moment überwältigt.“ Ein paar Tränen liefen ihre Wangen hinab.
„Das macht nichts, Soey. Nehmen Sie sich Zeit. Es ist gut und heilsam, wenn

Erinnerungen zurückkehren. Denn gerade dann, wenn unser Leben nicht rund läuft und wir das Gefühl haben, nicht am richtigen Platz zu sein, wenn wir verzweifelt nach Geborgenheit und Wärme suchen, ja, gerade dann, wenn uns das Licht der Lebensfreude, des Lebensmutes, des Vertrauens und der Hoffnung abhandengekommen ist, brauchen wir Erinnerungen fürs Herz! Und weil Sie so glücklich wirkten, während Sie an diesem anderen Ort weilten, gehe ich davon aus, dass es schöne Erinnerungen waren.“ Soey nickte. Sie hatte sich nicht getäuscht. Die Pfarrerin war wirklich besonders. Wie feinfühlig sie das gespürt hatte.
„Für heute gibt es keine Regeln“, fuhr Waltraud fort. „Es gibt kein Richtig, kein Falsch, kein Zuviel und kein Zuwenig. Die Trauer ist so individuell wie das Leben und der Weg, den jeder von uns zurücklegt. Fühlen Sie sich also herzlich willkommen, angenommen

und liebevoll umarmt, was in Zeiten von Corona ja leider nicht möglich ist. Ich würde vorschlagen, dass sich jeder kurz vorstellt und erzählt, was ihn hierhergeführt hat. Wer möchte beginnen?“

Ermunternd blickte sie in Soeys Richtung, deren Herz klopfte. Gruppen – auch wenn sie so klein waren – waren nie ihr Ding gewesen. Vor jedem Redebeitrag wuchs ihre Aufregung immer ins Unermessliche. Sie konnte förmlich ihren Herzschlag hören und dabei spüren, wie sich ein dicker Kloß in ihrem Hals festzusetzen schien. Gleich würde ihre Stimme sich ein wenig überschlagen … Und dabei waren die ersten zwei Minuten die schlimmsten. Dann würde sie ruhiger werden. Soey begann zu erzählen und ihre anfängliche Aufregung war wie weggeblasen. Sie berichtete von den vergangenen Wochen, von ihrer Trauer, erzählte von ihrer Verzweiflung, von ihren Schuldgefühlen, von der Einsamkeit, die sie besonders in den Nächten quälte und davon, wie sehr sie manchmal mit sich und ihrem Schicksal haderte. Alles kam vollkommen natürlich über ihre Lippen, jedes Wort fühlte sich stimmig an. Sie fühlte sich wohl und geschützt in diesem Raum.

„Danke für dein Vertrauen und deine Offenheit, Soey", bemerkte Waltraud sichtlich gerührt und nickte der dunkelhaarigen Frau zu.

„Ich bin Heidi", begann diese und nestelte nervös an ihrer schwarzen Bluse. „Ich habe in der siebten Woche erfahren, dass ich schwanger bin. Eigentlich war das ganz und gar nicht geplant. Schließlich hatte ich die Pille genommen. Aber eben nicht regelmäßig. Ich war schon immer ein wenig chaotisch."

Soey schmunzelte. Ja, das mit dem Chaos kannte sie nur zu gut. Wie oft hatte sie schon Dinge vergessen, hatte ihren Schlüssel zum wiederholten Mal in der Wohnungstür stecken lassen und Glück gehabt, dass ein freundlicher, aufmerksamer Nachbar ihn entdeckte und sie später wieder in die Wohnung ließ.

„Meinen Freund kannte ich damals erst wenige Wochen. Ich wusste praktisch nichts von ihm. Aber ich wusste, dass er gerade erst eine Chemo- und eine Strahlentherapie überstanden hatte. Und ich konnte mir denken, dass das kein guter Zeitpunkt für eine Schwangerschaft war. Als wäre es gestern gewesen, sehe ich mich noch bei Dr. Matthias Meyer sitzen – seinen Namen werde ich wohl nie vergessen –, einem Gynäkologen in Frankfurt. ‚Sie sind schwanger', hatte er mir gerade erklärt. Ich habe seine Worte vernommen, aber es wollte sich bei mir keine Freude einstellen. Ich hatte Angst und mir schoss durch den Kopf, dass ich dieses Kind nicht bekommen konnte. Meyer konnte sehen, dass etwas in mir arbeitete und fragte: ‚Ist alles in Ordnung mit Ihnen?' ‚Ja, mit mir schon, aber der Vater des Kindes hat erst vor wenigen Wochen eine Krebstherapie abgeschlossen', erklärte ich leise. Dann folgte Stille, als meine letzten Worte im Raum verklungen waren. Dr. Meyer schien zu zögern. Irgendwie hatte ich das Gefühl, dass er mich mochte. Er blickte interessiert und empathisch drein – aber es war ein Blick, in dem mehr lag als nur das übliche Interesse eines Arztes an seiner Patientin. Er ließ sich in seinen großen ledernen Sessel zurücksinken. Dann sah er mich an: ‚Ich denke, Sie sind eine Frau, die die Wahrheit verträgt und sie auch verdient hat', sagte er. Puh, als er das sagte, wurde mir mulmig. Dann fuhr er fort: ‚Ihr Kind, sofern Sie es bekommen wollen, wird mit hoher Wahrscheinlichkeit behindert sein. Die Folgen einer Chemotherapie des Vaters sind für eine Schwangerschaft schwer absehbar...‘ Als er mir das in seiner ungeschminkten Direktheit entgegenschmetterte, wurde mir schummrig vor Augen. Wenig später muss ich wohl ohnmächtig geworden sein, denn ich fand mich auf seiner Behandlungsliege wieder und blickte in seine besorgten Augen. ‚Das nimmt Sie ja alles ganz schön mit ... Wollen Sie nicht erst einmal nach Hause fahren und über alles in Ruhe nachdenken? Ich rufe Ihnen jetzt erst mal ein Taxi.‘

‚Nein‘, entgegnete ich. ‚Da gibt es nichts zum Nachdenken. Ein behindertes Kind möchte ich auf keinen Fall bekommen. Wir müssen über einen Abbruch reden. Am besten wir machen gleich einen Termin.‘

Meyer blickte mich einen Moment lang an. Ich sah in seinem Blick, dass er verstanden hatte, wie entschlossen ich war, das durchzuziehen.

‚Da Sie sich offenbar bereits für diesen Weg entschieden haben, vereinbaren wir einen Termin. Ich möchte Sie aber darauf hinweisen, dass eine Beratung vorgeschrieben ist. Es handelt sich zwar um eine medizinische Indikation, aber Sie sollten für sich wirklich ganz sicher sein, dass dieser Weg der richtige für Sie ist.'
Ich nickte ..."
Heidis Stimme zitterte als sie fortfuhr: „Als ich dann eine Woche später aus der Narkose erwachte, stand der freundliche Doc an meinem Bett, blickte mich an und sagte: ‚Es ist alles gut verlaufen. Und Sie haben alles richtig gemacht. Der Fötus hatte keinen Herzschlag mehr.'" Unvermittelt wurde Heidi von heftigen Weinkrämpfen durchgeschüttelt. Ihr Körper zitterte, ihre Stimme bebte. Sie wurde überflutet von den Gefühlen der Trauer und des Schmerzes, die noch immer in ihr steckten. Unter Tränen erzählte

sie weiter: „Er hatte keinen Herzschlag mehr! Diese Worte haben sich tief in mein Gedächtnis eingebrannt. Noch heute bin ich Dr. Meyer unendlich dankbar, dass er das zu mir gesagt hat. Denn ich glaube, dass mich meine Schuldgefühle sonst erstickt hätten."
Soey reichte ihr einen Packung Taschentücher, die sie dankbar annahm. „Ich wusste genau, dass es ein Junge war", schluchzte Heidi. „Und ich habe mir doch immer so sehr einen Jungen gewünscht ..." An dieser Stelle gab es kein Halten mehr. Heidi wurde von ihrer Trauer überwältigt.
„Danke, für deine Offenheit und dein Vertrauen, Heidi", sagte Waltraud sichtlich berührt. Ihre Stimme klang für einen Moment brüchig. „Ich glaube, wir können uns alle vorstellen, wie unfassbar schwer dieser Weg für dich gewesen ist. Und ich denke, dass er richtig war, so wie du ihn beschritten hast. Gottes Wege sind oft steinig.

Niemand hat das Recht, über einen anderen Menschen zu urteilen. Ich nicht, Soey nicht und erst recht nicht wir selbst. Wir dürfen uns nicht verurteilen, für das, das wir getan haben, müssen uns so annehmen wie wir sind, müssen lernen, unsere Entscheidungen zu akzeptieren und sie als einen Teil unseres Weges sehen."

Der letzte Gong der tibetischen Klangschale war gerade verhallt. Unvermittelt zogen vor Soeys geistigem Auge Bilder von Klöstern, zottigen Yaks, bunten tibetischen Gebetsfahnen und schneebedeckten Felsen des Himalaya-Gebirges vorbei. Wie gern hätte sie dem noch länger nachgespürt. Es blieb das Gefühl, das Richtige getan zu haben. Sie war froh, dass sie auf der Treppe nicht kehrtgemacht und dass ihre Zweifel nicht gesiegt hatten. *Schließlich sind es immer wieder Momente wie diese, die unser Leben verändern können*, dachte sie. *Manchmal erscheinen uns die Entscheidungen, die wir treffen, so unbedeutend, dass wir sie kaum beachten. Und doch können sie – so klein und nichtig sie auch sein mögen – unser Leben entscheidend beeinflussen.* Heute war sie auf ihrer Reise zwei Menschen begegnet, die viele schwere, schmerzvolle Erfahrungen mitgebracht hatten. Und doch hatten sie sich von deren Gewicht nicht beugen lassen, waren nicht in Schmerz und Trauer versunken, hatten sich entschieden, weiterzugehen ins Ungewisse und darauf gehofft, dass ihnen das Leben eines Tages einen Weg aus dem dunklen Tal heraus weisen würde. Auch die Pfarrerin, die wenig von sich preisgegeben hatte, schien etwas auf ihren Schultern zu tragen, das sie mit den Schicksalen der beiden anderen Frauen verband. Vielleicht hatte sie ja selbst ein Baby verloren, vielleicht war eines ihrer Kinder verunglückt oder vielleicht konnte sie aus irgendeinem Grund keine eigenen Kinder bekommen? Die Wege des Schicksals waren oft unergründlich, doch die Erfahrung zeigte, dass man in bestimmten Momenten genau jenen Menschen begegnete, die Ähnliches erfahren und erlebt haben. Dann schien es einen unsichtbaren Faden zu geben, der diese Menschen auf geheimnisvolle Weise miteinander verband. Und vielleicht geschah dies, weil sie dazu bestimmt waren, einander zu helfen, eine schwere Krise zu überwinden. Vielleicht waren es ja Engel, die sich die Menschen an ihre Seite wünschten, wenn sie sie brauchten. Manche dieser Engel bleiben nur eine kurze Zeit, andere etwas länger und wieder andere ein Leben lang.

„Wenn der Wind der
Veränderung weht,
suchen manche im Hafen Schutz,
während andere die Segel setzen!“
(Unbekannter Verfasser)

Berlin. Soey saß müde vor ihrem Laptop. Resigniert ließ sie den Kopf auf die Tastatur sinken. Verdammt noch mal! Warum gelang es ihr nicht, auch nur eine Zeile zu schreiben? Es waren doch nur noch ein paar Seiten, dann wäre das Buch fertig. Ihr Verleger hatte sie in den letzten Tagen bereits mehrmals angerufen und nach dem Manuskript gefragt. Es konnte doch nicht so schwer sein ... *Reiß dich zusammen, Soey! Du liebst das Schreiben.*

Die Worte fließen dir leicht aus der Feder. Wie von selbst hatte sich die Geschichte Stück für Stück zusammengefügt, ähnlich eines Puzzles, bei dem man Teile zusammensetzt, bis auch das letzte passt und ein wundervolles Ganzes ergibt. Und nun das! Es fehlten die letzten Puzzlesteine der Geschichte und Soey war einfach nicht fähig, sie zu finden und richtig zusammenzusetzen. Unvermittelt riss sie der Piepton ihres Handys aus ihren Gedanken. Wieder eine Nachricht von Christian: „Ich liebe Dich so sehr", schrieb er und schickte ein Dutzend rote Herzen mit. „Es tut mir so leid. Bitte verzeih mir. Gib uns noch eine Chance." Warum nur hörte er nicht auf, sie mit Nachrichten wie dieser zu quälen? War es nicht schon schwer genug? Sie wünschte sich so sehr, dass alles wieder sein könnte, wie es einmal war. Und doch wusste sie, dass nichts je wieder so werden würde. Nie wieder würde sie ihn mit jenem Blick grenzenloser Liebe ansehen können, nie mehr würde sie fähig sein, ihm zu vertrauen und sich in seinen Armen fallen zu lassen, ohne Netz und doppelten Boden. Es war vorbei. Schluss! Aus! Für immer! Die Endgültigkeit dieser Worte tat weh. Verdammt weh. Das Loch, in das sie gefallen war, war so tief und dunkel, dass sie glaubte, es nie wieder herauszuschaffen. Sie hatte so sehr gehofft, dass alles nur ein schlechter Traum sei, der vorbei wäre, irgendwann, wenn sie daraus erwachen würde. Doch nichts dergleichen geschah. Die Realität war hart, unbarmherzig und kalt wie ein eisiger Wintertag, an dem der Wind durch ihre Jacke blies und sie frösteln ließ. Oft hatte sie gespürt, wie die Wut in ihr aufstieg, ganz von ihr Besitz nahm und sich wenig später mit der Enttäuschung abwechselte, die sich tief in ihr eingenistet hatte. Es war wie ein steter Kampf, der das Feuer der Liebe für kurze Zeit entfachte, und des Eises, das es für immer auslöschte. Soey fühlte sich, als würde sie zwischen Gletscherspalten balancieren, wissend, dass ein falscher Schritt tödlich enden konnte. Wie oft war sie seither hinabgeglitten in diese eiskalten Spalten, wie oft hatte sie das Gefühl gehabt, zu erfrieren, ganz allein, ohne dass Christian je davon erfahren würde? Und was war schlimmer: Die Stürze in die Gletscherspalten oder dass Christian sie nicht rettete, weil das unsichtbare, sichere Seil – jene große Liebe, die sie so untrennbar miteinander verbunden hatte – zerrissen war? Die letzten Wochen und Monate hatten sie sehr viel Kraft gekostet. Nun saß sie in ihrem modernen Appartement mit Blick auf die Spree, das sie sich in Berlin-Mitte gemietet hatte, und versuchte, ein Stück Alltag und etwas Normalität in ihr

Leben zu bringen. Doch war es überhaupt möglich, dass ihr Leben wieder normal wurde? Wieder fielen ihr die Worte der jungen Ärztin ein. Sie spürte, wie sehr es sie schmerzte, wenn sie daran dachte. Charly war offenbar der Einzige, der in ihrem neuen Zuhause angekommen war. Wohlig streckte der Border Collie-Mix auf dem Teppich, der vor ihrem Schreibtisch lag, alle viere von sich, räkelte und wälzte sich genüsslich darauf und gab immer wieder leise, grunzende Laute von sich. Soey fremdelte mit ihrer neuen Umgebung. Sie vermisste ihr schönes Zuhause, sie vermisste Christians Nähe, die Geborgenheit, die sie bei ihm verspürt hatte, und sie vermisste es, zu wissen, wo sie hingehörte. Wie sehr sehnte sie sich danach, wieder ein Zuhause zu haben – ein Zuhause, auf das sie sich freuen konnte, weil sie wusste, dass es dort jenen Menschen gab, der sie liebte. Soey seufzte. Wie schnell sich das Leben doch änderte. Ein Augenblick genügte, und alles war anders. Vielleicht stimmte es ja, dass das Leben einem Fluss glich …

Wieder starrte sie auf den leeren Bildschirm vor sich. *Nichts fließt*, dachte sie. Irgendwie wollte ihr einfach nicht das Richtige einfallen. Vielleicht war sie noch nicht so weit, wieder mit dem Schreiben fortzufahren. Vielleicht brauchte sie noch Zeit für sich, Zeit, um nachzudenken, welchen Kurs ihr Leben nehmen sollte. Warum nur glich ihr Leben immer wieder einem Boot, das durch rauen Wellengang in Seenot geriet? Manchmal wünschte sie sich so sehr, einfach nur in einem sicheren Hafen vor Anker zu liegen, geschützt vor widrigen Witterungseinflüssen und unberechenbaren Stürmen. Wie sehr wünschte sie sich, dass das Boot ihres Lebens einmal nur auf sanften Wellen dahingleiten

könnte. Doch war es wirklich das, was sie sich wünschte? Wollte sie tatsächlich nur noch ohne wesentliche Auf- und Ab-Bewegungen dahingleiten, ohne die gesamte Palette der Gefühle zu spüren und ohne dass das Leben mit all seiner Intensität in ihren Adern pulsierte? Wollte sie sich wirklich nur noch auf ruhigen Gewässern bewegen, ohne die Kraft der Leidenschaft zu spüren oder jene Momente unendlichen Glücks zu erleben, die sich erst einstellten, wenn man einen verheerenden Sturm überstanden hatte und einen neuen, strahlenden Horizont erblickte? Und war es nicht so, dass man nur dann die Weite des Ozeans, seine unglaubliche Tiefe und all seine schimmernden Blautöne entdecken konnte, wenn man den Mut hatte, den sicheren Hafen zu verlassen und die Küste aus den Augen zu verlieren?
Soey war überzeugt, dass sie die Wellen des Lebens zulassen und ihre Kraft

spüren musste, um glücklich zu sein. Der Physiker Stephen Hawking war einmal von einem Journalisten gefragt worden, wann er glücklicher war: Als er gelähmt im Rollstuhl saß oder vor seiner Behinderung. Er antwortete ohne zu zögern: „Natürlich jetzt." Auch wenn seine Antwort auf den ersten Blick ungewöhnlich erscheinen mag, offenbart sich auf den zweiten Blick ihr Sinn, denn schließlich hatte ihn erst jene schicksalhafte Krankheit zu dem Menschen gemacht, der er war. Erst sie hatte ihn dazu gebracht, sich auf das zu konzentrieren, was er wirklich konnte: die Physik. Und wie viel hatte er damit in der Welt bewegt! Vermutlich wäre sein Leben ein anderes gewesen, wenn er im sicheren Hafen verblieben wäre und sich nie hinaus auf den weiten Ozean gewagt hätte.

Soey seufzte. *Eine tolle Autorin bist du! Du kannst wunderbar über das Leben philosophieren und bist noch nicht ein-*

mal imstande, dein eigenes Leben auf die Reihe zu bekommen. Wo, verdammt noch mal, stehst du? Du hast ja noch nicht einmal den Horizont ins Auge gefasst, auf den du zusteuern möchtest, geschweige denn dich auf den Weg dorthin gemacht ...
Und wie müsste dieser Horizont wohl aussehen, der mich so sehr fasziniert, dass ich alles dafür in Kauf nehmen würde, ihn zu erreichen?, überlegte sie. Plötzlich kam ihr eine Idee. Vielleicht war es ja ihre Aufgabe, ihre Einsamkeit zu durchbrechen und noch einmal von vorn anzufangen. Warum sollte es da draußen nicht doch den Menschen geben, der mit ihr gemeinsam jeden noch so fernen Horizont ansteuern würde? Jenen Menschen, der in allen Stürmen des Lebens wie ein Leuchtturm fest und unerschütterlich an ihrer Seite stehen würde? Und vielleicht hatte ihr Herz ja erst brechen müssen, um sie auf die Liebe ihres Lebens vor-

zubereiten? Vielleicht würde sie erst jetzt wahres Glück empfinden, weil sie durch tiefes Leid gegangen war. „Die Schwester des Glücks ist das Leid“, hatte der Dalai Lama einmal gesagt. „Wer es verleugnet, verdrängt oder betäubt, der betäubt auch sein Glück. Nur wer lernt, Leid zu besiegen, macht sich wirklich frei von negativen Gefühlen und findet dauerhaft zu innerer Zufriedenheit.“ Vielleicht hatte er recht. Vielleicht war ihr Leid der Wegweiser zu Soeys großem Glück – die Voraussetzung, ihrer wahren Liebe begegnen zu können! Und wie würde es wohl sein, ihrer großen Liebe gegenüberzustehen? Wie würde es sich anfühlen? Was würde er sagen? Was würde sie fragen? *Nein,* dachte Soey. *Wenn ich ihm begegne, wird es keine Fragen und keine schlaflosen Nächte voller Tränen mehr geben. Alles wird sich leicht und vollkommen natürlich anfühlen.* Und vielleicht würde ihr diese Liebe zeigen, weshalb all ihre vorherigen Beziehungen scheitern mussten. Denn alles, was sie bis dahin durchgemacht hatte – jede schlechte Erfahrung –, war schließlich nur der Wegweiser zu dem Menschen, der für sie bestimmt war. *Ja,* dachte Soey und seufzte, *so muss es sein.* Und da war er, der Horizont, auf den sie zusteuern wollte.

Motiviert klappte sie ihr Notebook auf und tippte so schnell, dass sie es sich nicht noch einmal anders überlegen konnte, die Seitenadresse „ForeverLove" in das Suchfeld ein. Eine Freundin hatte ihr erst kürzlich von dieser Online-Dating-Plattform erzählt. Soey schmunzelte. Manchmal musste man sich eben selbst überlisten, musste seinen Zweifeln und Ängsten lauschen, ihrem schnellen Rhythmus folgen und sie dann verstummen lassen. Ihr Herz klopfte. Sollte das wirklich ihr Weg sein? Wieder schlichen sich

Zweifel ein. Aber was hatte sie schon zu verlieren? Und hatte ihr Corona nicht alle „normalen“ Wege, einen neuen Partner kennenzulernen, abgeschnitten? Alle Restaurants, alle Bars waren geschlossen. Konzerte fanden seit Monaten nicht statt, ins Kino konnte man nicht und auch der Besuch von Fitnessstudios war eingeschränkt – ganz abgesehen davon, dass auch reisen kaum mehr möglich war. Also, warum noch zögern? *Wer nicht wagt, der nicht gewinnt,* versuchte sich Soey zu motivieren. Es dauerte eine Weile, bis sie sich auf dem Portal angemeldet und durch all die Fragen, die dort gestellt wurden, durchgekämpft hatte. Einige davon waren gar nicht so leicht zu beantworten …
„Was ist das Besondere an dir?“
Sie überlegte und schrieb: „Dass ich ein Mensch bin, der mit dem Herzen sieht und seinem Herzen folgt.“
„Wofür bist du dankbar?“

„Für alle Gezeiten des Lebens, für alle Täler, durch die das Leben mich geschickt hat, für alle Gipfel, die ich erklimmen durfte, für die Liebe, die ich empfangen habe, und für die Hoffnung, die mich stets begleitet hat."
Puh, gar nicht so leicht. Soey machte eine Pause, ging in ihre kleine Küche, nahm eine der Espresso-Kapseln aus der Box, ließ sie in den Schlitz der Maschine gleiten und drückte auf die Taste. Die Maschine ratterte und wenig später hielt sie eine köstlich duftende Tasse Espresso in den Händen. Herrlich! Genau das hatte sie jetzt gebraucht. Nun konnte es weitergehen mit all den Fragen, die sie noch beantworten musste. *Kein Weg zu neuen Horizonten ist leicht,* dachte sie, während sie sich auf den weißen Lederstuhl vor ihrem Schreibtisch sinken ließ.
„Wo willst du in fünf Jahren sein?",
las sie.
Hmm ...

Die Bilder ihrer ersten schamanischen Reise tauchten in ihrer Erinnerung auf. Der Trommelrhythmus hatte gerade eingesetzt und sie in eine leichte Trance versetzt. Dann sah sie, wie sie am Meer stand und den Sonnenuntergang betrachtete. Langsam lief sie den schmalen Pfad an der Steilküste hinauf zu einer kleinen Höhle. Es dauerte nicht lange, bis sie sie durchquert hatte und hinaus ins Licht trat.

Am Ausgang wartete bereits ein ungewöhnliches Duo auf sie: Fuchs und Elefant. Soey zögerte. Waren die beiden ihre Reisebegleiter? Doch bevor sie sich diese Frage beantworten konnte, hatten sie sie schon in ihre Mitte genommen und signalisierten ihr, dass es Zeit zum Aufbruch war. Soey gab ihren Widerstand auf und schloss sich dem ungewöhnlichen Duo an. Zunächst führte sie ihre Reise durch einen tropischen Wald. Sie gingen durch einen Dschungel von riesigen Bäumen,

Büschen und tropischen Pflanzen. Hitze umfing sie. Unvermittelt wechselte die Szenerie. Die Landschaft wirkte nun karg und Soey spürte eine starke Steigung. Es wurde kühler. Als sie wenig später den Berg erklommen hatten, erkannte sie, dass sie auf dem Ayers Rock in Australien waren. Staunend stand sie mit ihren Begleitern auf dem langgezogenen, roten Felsriesen. Oft schon hatte sie sich vorgestellt, wie es sein würde, hierher zu kommen. Für die Aborigines war es ein heiliger Berg mit zutiefst spiritueller Bedeutung, der Ort der Schöpfung der Welt. Soey ließ ihren Blick über die endlosen Weiten der australischen Wüste schweifen. Der Fuchs saß links neben ihr, der Elefant blieb an ihrer rechten Seite. Beide wandten ihre Köpfe zu ihr, blickten sie an und flüsterten: „Du musst keine Angst mehr haben. Bei uns bist du sicher. Das Leid der vergangenen Jahre ist nun vorbei. Betrachte diesen wunderschönen Sonnenuntergang. Beobachte, wie die Sonne langsam über der Steppe versinkt. Wenn sie untergegangen ist, werden deine Schmerzen fort sein." Soey betrachtete die blutrote Kugel, die in wenigen Minuten am Horizont versinken würde. Plötzlich dachte sie an ihr Kind, das sie verloren hatte und spürte, wie sich ihr Innerstes zusammenkrampfte, bis sie zu weinen begann. Dann sah sie Christian und ließ ihren Tränen freien Lauf. Ein tiefer Schmerz durchfloss ihren Körper, ließ aber rasch nach. „Du musst lernen, die Vergangenheit hinter dir zu lassen. Schau in die Zukunft. Fokussiere dich auf deine Wünsche und Träume, dann werden sie sich erfüllen", sagten ihre beiden Begleiter liebevoll. Wieder wechselte die Szenerie. Soey fand sich in einer sanften Hügellandschaft mit vielen Zypressen, Pinien, Olivenhainen und Weinreben wieder. Sie sah eine lange Tafel inmitten eines wunderschönen Gartens in der Toscana. Viele Generationen waren an diesem langen Holztisch vereint. Alles plapperte fröhlich durcheinander. Hunde, Katzen und Minischweine tobten ausgelassen um den Tisch herum. Dann schweifte ihr Blick über eine dreistöckige gelbe Villa aus dem späten 18. Jahrhundert mit grünen Fensterläden. Plötzlich sah sie sich in der kleinen Bibliothek, die im ersten Stock der Villa lag. Sie saß an einem schlichten Schreibtisch und schrieb an einem neuen Buch. Unvermittelt klopfte es. Ein schlanker Mann in Jeans und dunkelblauem Kaschmirpullover trat ein. Sie konnte sein Gesicht nicht erkennen, aber sie wusste, dass er gutaussehend war. Er kam näher, legte liebevoll seine Arme um sie, gab ihr einen Kuss auf den Nacken und sagte mit weicher Stimme, die einen Akzent hatte, der sie an den ihrer aus Wien stammenden Großmutter erinnerte: „Komm, das Essen ist fertig."

Soey stand auf und drehte sich zu ihm um. Leidenschaftlich zog er sie in seine Arme. Kurze Zeit später sanken sie auf den großen alten Seidenteppich, der vor dem Schreibtisch lag. Er zog sie an sich, legte ihren Kopf sanft in seinen Schoß und strich zärtlich durch ihre Haare. „Ich liebe dich so sehr“, flüsterte er. „Bei mir bist du sicher. Alle schmerzvollen Erfahrungen der Vergangenheit kannst du nun loslassen. Dir wird nichts mehr geschehen. Ich bin bei dir!“ Dann küsste er sie zärtlich, leidenschaftlich, fordernd ... Wenig später gingen sie Hand in Hand die Stufen hinunter in den Garten und setzten sich an den Tisch, an dem die anderen bereits auf sie warteten. Sie nahmen jeweils am Kopfende Platz. Immer wieder wechselten sie während des Essens verliebte Blicke. Als wäre es gestern gewesen, hörte Soey wieder dieses fröhliche, ausgelassene Lachen der Gäste, lauschte

den Klängen einer Violine und spürte, wie glücklich sie in diesem Augenblick war.
Einige Zeit hing sie ihren Gedanken, jenen bunten, lebensfrohen Bildern nach, die sie auf ihrer schamanischen Reise gesehen hatte. „Ja“, sagte sie unvermittelt zu sich selbst, „ja, genauso wird es sein!“ und fuhr mit dem Fragebogen fort. Nach weiteren zehn Punkten hatte sie es endlich geschafft. Jetzt sollte sie noch ein Profilbild hochladen. Aber wollte sie das überhaupt? Nein! Sie wollte nicht aufgrund ihres Aussehens beurteilt werden. Also beließ sie es dabei, klappte ihr Notebook zu und war gespannt, was auf sie zukommen würde ...

„Eine Wahrheit kann erst wirken, wenn der Empfänger reif für sie ist."
(Christian Morgenstern)

Wien. Angestrengt starrte Sebastian auf das Display seines iPhones. Doch nichts tat sich. Der 54-jährige Notfallmediziner war nervös. Seit Stunden wartete er ungeduldig auf diesen Anruf. Dann endlich klingelte es. Sebastian tippte auf die Taste mit dem grünen Hörersymbol und vernahm sofort die Stimme der Ärztin: „Sie sind positiv!", schmetterte sie ihm über den Lautsprecher seines iPhones entgegen und zerstörte damit unbarmherzig all seine Hoffnungen. Sebastian fühlte sich wie benebelt. Er vernahm ihre Worte und doch wollte die Botschaft nicht recht zu ihm vordringen. Er war positiv! Was bedeutete das? Wie sollte es in der Klinik weiterlaufen? Wie sollte er seine Patienten versorgen? Und wer würde sich um seine Studenten kümmern?

„Leider ...", fuhr die Ärztin fast entschuldigend fort. „Sie müssen jetzt in Quarantäne bleiben."

„Das bin ich schon!", entgegnete Sebastian gereizt.

„Was sind Sie schon?", fragte die Ärztin überrascht.

„In Quarantäne!" Er ertappt sich dabei, dass er fast schrie.

„Dann passts ja", beendete die Medizinerin abrupt das Gespräch, offenbar um eine Eskalation oder Streit oder selbstmitleidige Erklärungen zu vermeiden.

Als das Telefon verstummt war, spürte Sebastian die Stille und Leere seiner Wohnung. Nie hatte er Stille bedrohlich, vollkommen oder gar grausam empfunden. Erst jetzt verstand er Patienten, die ihm manchmal von jener bedrohlichen Stille in ihrem Leben erzählt hatten. Sie hatten ihm erzählt, was die Einsamkeit mit ihnen machte, wie stark dieses Gefühl war, das sie schmerzvoll spüren ließ, wie allein, ungeliebt und vom Leben ausgeschlossen sie sich fühlten. Es war eine Wunde, die nicht heilen wollte und die immer dann aufbrach, wenn sie isoliert waren, sich verlassen vorkamen, sich nach Nähe und Berührung oder nach einem lieben Wort sehnten. Es war ein Gefühl, das so stark und schmerzvoll war, dass es ihnen Nacht für Nacht den Schlaf raubte. Damals hatte Sebastian es für vollkommen absurd und überzogen gehalten, dass Stille bedrohlich sein könnte. Schließlich waren seine Tage so vollgestopft mit OPs, Deadlines für Vorträge, dem Schreiben von Forschungsanträgen und seiner Arbeit als Dekan der Universität. Jede Minute des Tages war verplant, sodass es praktisch unmöglich war, Stille wahrzunehmen. Selbst die Wochenenden waren angefüllt mit Kongressen überall auf der Welt – New York, Washington, Kyoto, Wien, Kitzbühel ... Und wenn seine langen Tage dann endeten, war er meist so erschöpft von seinem Tagwerk, dass er sich nach nichts mehr sehnte als nach Ruhe und Stille. Meist schaffte er es gerade noch, eine kurze Runde zu joggen, bevor er müde auf sein Bett fiel. Oft vergaß er bei all dem Stress zu essen und gönnte sich vor dem Einschlafen noch eine Packung Chips, eine fertige Tomatensuppe und manchmal auch ein Glas Rotwein. Nie wäre Sebastian eingefallen, dass etwas fehlen könnte. Wie auch? Seine Zeit war ausgefüllt mit all seinen wichtigen Verpflichtungen, seiner mächtigen Position als Chef

der Klinik, als Dekan der Uni und mit einer Berufung, die ihm Tag für Tag viel Kraft gab.
Langsam ließ er sich auf einen Hocker in seiner modernen, offenen Küche sinken. *Corona!*, schoss es ihm durch den Kopf. War das nicht dieses Virus, das Anfang des Jahres erstmals in China aufgetreten war? *Ja,* dachte er, *da war alles noch so weit weg gewesen!* Plötzlich sah er wieder die Bilder jener Baustelle für ein Riesenspital in Wuhan und wieder schoss ihm dieselbe Frage durch den Kopf, die er sich damals bereits gestellt hatte: „Warum bauen die so ein riesiges Spital? Das haben sie doch bei den bisherigen Viruserkrankungen nie gemacht …" Verstanden hatte er erst, als sich in der Lombardei die Särge in einer Kirche stapelten und Tausende Verstorbene mit nächtlichen Sondertransporten weggebracht wurden. Die Lombardei war ganz und gar nicht weit

weg. Schließlich befand sich sein Sohn Manuel gerade zum Studium im Piemont. Sofort hatte er zum Telefon gegriffen, um ein eindringliches Gespräch mit ihm zu führen. Wie erwartet war Manuel ein zäher Brocken. Schweigsam hatte er sich den Vortrag seines Vaters angehört. Erst als der ihn zum wiederholten Mal bat, sich endlich in den Flieger zu setzen und nach Hause zu kommen, schien er sein Herz zu erweichen.

„Na gut", murmelte er schließlich zerknirscht in den Hörer. „Aber du zahlst den Flug, Papa! Und den Rückflug auch, wenn ich nächste Woche wieder nach Turin muss."

„Na klar", entgegnete Sebastian rasch und musste schmunzeln. Irgendwie war dieser Pragmatismus typisch für seinen Sohn. Manuel war eben durch und durch ein Intellektueller, ein Hochbegabter, einer jener Überflieger, die wussten, dass sie eine besondere

Begabung hatten und sich damit gern ein wenig arrogant und manchmal auch mit einer übergroßen Portion Sarkasmus von der Masse abhoben. Er war brillant und begabt, alles zu analysieren. Nächtelang diskutierten sie über Themen wie die Zufriedenheit im Leben, jedoch ohne zu einem Ergebnis zu kommen. Denn Manuel interessierte die normale, bürgerliche, konservative Zufriedenheit nicht. Er wollte anders leben, frei von Konventionen, ungebunden, ganz in seiner intellektuellen Welt. Er wollte analysieren, diskutieren, streiten und zeigen, was er draufhatte. Sebastian wusste, dass es Manuel nicht leicht haben würde, denn emotionale Intelligenz war nicht seine Stärke. Oft blieben ihm die Emotionen und Gefühlsregungen seiner Mitmenschen verborgen. Ihm fehlte die Fähigkeit, sich in andere einzufühlen und mit ihnen zu schwingen. Er verstand nicht,

warum sein Vater so aufgebracht war, verstand nicht, warum er sich so sehr um ihn sorgte … Ja, Manuel war kein einfacher Junge. Und nach Sebastians Scheidung hatten sich die Probleme eher verstärkt. Manchmal fühlte er sich schuldig an der Entwicklung, die sein Sohn genommen hatte. Obwohl er stolz auf ihn war – denn schließlich war er während seiner gesamten Studienzeit immer einer der Besten –, war er doch besorgt, weil er stets so überlegt und kühl agierte. Wohin würde ihn das wohl führen? Sebastian versuchte, die dunklen Gedanken abzuschütteln. Vielleicht machte er sich einfach zu viele Sorgen.
Und nun saß er alleine hier in seiner neuen Wohnung mit Blick auf die Weinberge, die er nach seiner dritten Scheidung bezogen hatte. Erst jetzt bemerkte er, wie seltsam das klang: Die dritte Scheidung! Nie hatte er sich darüber Gedanken gemacht. Und doch

war er von den meisten Menschen allein dafür wie ein Outcast, ein Ausgestoßener, einer, der nicht länger gesellschaftsfähig war, ausgegrenzt worden. Er war für sie einer, der es einfach nicht schaffte, sein Privatleben auf die Reihe zu bekommen. Schließlich war er stets der Bösewicht in der Geschichte seiner Frauen. Und manchmal fühlte er sich gar ein wenig so. Dabei hatte er stets sein Bestes gegeben, wollte die Beziehungen auf ein solides Fundament stellen, wollte den Frauen Sicherheit geben, ihnen zeigen, dass er fest und unerschütterlich an ihrer Seite stand. Und doch war er gescheitert.

Sebastian blickte aus dem Fenster in die Weite der Weinberge. Wie friedlich alles wirkte. Als wäre nie etwas geschehen. Die Natur blieb gänzlich unberührt von den Dramen, die sich hier in seiner Wohnung abspielten. Seine Dramen berührten nur ihn selbst, niemanden sonst, und erst recht nicht die Natur. Auch in hundert Jahren würde es diese wunderschönen Weinberge noch geben. Hundert Jahre. Und wo würde er dann sein, in hundert Jahren? Wusste er doch schon jetzt nicht, wie es die nächsten Stunden, Tage, Wochen, geschweige denn Monate weitergehen würde. Alles änderte sich in rasender Geschwindigkeit – so schnell, dass er seinen Gedanken oft nicht folgen konnte. Vor wenigen Wochen war noch alles wie immer gewesen. Er weilte auf einem Ärztekongress in St. Christoph, war ganz in seinem Element, hielt seinen Vortrag wie viele Male zuvor, genoss die Gespräche in den Pausen und freute sich, einige Kollegen zu treffen. Und Corona? Corona war allenfalls ein Thema für die Pausen gewesen – eines, das man erwähnte, aber keines, dem man besondere Bedeutung beimaß. Es würde schon wieder so schnell verschwinden, wie es aufgetaucht war. Eine Einschätzung, die leider falsch war. Denn nur zwei Tage später waren die ersten coronabedingten Einschränkungen erfolgt. Der Kongress wurde noch am selben Tag gestoppt und alle Vorträge online gestellt. Spätestens jetzt war allen klar, dass es ernst war und dass Corona sie begleiten würde, sie konnten es nicht mehr negieren, nicht mehr unterdrücken oder gar totschweigen. Alle reisten noch am selben Tag ab. Es war die panische Flucht vor einem Virus, das ihnen Angst einjagte, und doch war es eine Flucht in etwas, das sie noch mehr ängstigte: die Zukunft. Wie würde sie wohl aussehen, diese Zukunft? Wie würden sie mit der Ungewissheit leben, dass es auch sie eines Tages erwischen konnte – zu jeder Zeit, an jedem Ort? Wo war sie, die Routine, wo waren all die lieb gewordenen Dinge, die ihnen so viel Sicherheit gaben?

Business as usual! Und doch war nichts wie gewohnt. Sebastian war ins Krankenhaus gefahren und hatte sich bemüht, wieder zu einer Normalität zurückzufinden. Schließlich gab es keinen Grund zur Sorge: Keiner der Teilnehmer des Kongresses war positiv auf das Virus getestet worden. Doch auf der Intensivstation erwartete ihn seine erste Corona-Patientin. Sebastian machte sich steril, schlüpfte in den engen Schutzanzug, der ihm kaum Luft ließ, setzte die Maske auf, stülpte den Vollvisierhelm darüber, streifte die dunkelblauen Überzieher über seine Schuhe und zog die doppelte Schicht Handschuhe an, die vorgeschrieben waren. Es war ein komisches Gefühl, so isoliert und eingeschränkt zu sein. Sebastian wusste, dass der kleinste Fehler, und die kleinste Unaufmerksamkeit verheerende Folgen haben konnten. Für ihn und erst recht für die Patientin.

Als er den Raum betrat und auf das Bett blickte, sah er eine etwa 40-jährige Frau. Sie wurde beatmet, bislang nur mit Maske. Er hoffte sehr, dass das so blieb, wusste er doch, dass es bis zu neunzig Prozent der Covid-Patienten, die intubiert wurden und an Beatmungsmaschinen hingen, nicht schafften. „Wie geht es Ihnen, Cora?", fragte er die Patientin und blätterte in ihrer Akte. Sie nickte und nahm die Maske ab. „Aber nur kurz", sagte er und blickte sie streng an. „Ihre Sauerstoffsättigung darf nicht unter den kritischen Wert sinken. Wir wollen doch, dass Sie in ein paar Tagen wieder hier raus sind, oder?" „Ja", nickte die junge Frau und blickte ihn ängstlich an. „Werde ich es schaffen?", fragte sie und atmete schwer. „Setzen Sie bitte die Maske wieder auf", ermahnte er sie. „Bitte versprechen Sie mir, dass ich es schaffen werde. Ich habe doch zwei kleine Jungs. Wie sollen sie durchs Leben kommen, sie haben doch nur mich!“ Sebastian schluckte und antwortete: „Ich verspreche Ihnen, dass ich alles in meiner Macht Stehende tun werde.“ Er half Cora, die Maske aufzusetzen und prüfte die Medikamentengabe an den Monitoren. Es sah gut aus. Dexamethason war noch genug vorhanden, Blutverdünner auch, und sie hatte Paracetamol sowie das Schmerzmittel Fentanyl bekommen ... Dann verließ er den Raum und zog sich wieder um. Gleich stand die Visite mit den Oberärzten seiner Station auf dem Plan. Seine Gedanken schweiften ab, hatte er doch selbst zwei Söhne. Er wusste, wie es sich anfühlte, nicht mehr für sie da sein zu können. Es war das Schwerste, das er je in seinem Leben tun musste – nach der Trennung von seiner zweiten Frau. Wieder waren die Bilder jenes Abends zurück. Er sah, wie er langsam die Treppe des Hauses hinunterging, sah, wie er in die angstvollen, verstörten Gesichter seiner Jungs blickte, die den Streit mitverfolgt hatten. Es tat ihm so leid …

„Papa, wann bist du wieder da?“, fragte ihn der Älteste.

„Ich weiß es noch nicht“, sagte er mit erstickter Stimme. „Aber ich verspreche euch, dass ich immer für euch da sein werde. Auch wenn ich nicht mehr bei euch wohne. Das müsst ihr mir glauben.“ Dann umarmte er sie, ging zur Tür und ließ sie leise ins Schloss fallen. Er hatte Tränen in den Augen.

Plötzlich holte ihn ein schrilles Piepen aus seinen Gedanken. *Verdammt noch mal*, dachte er. *Herzalarm. Kammerflimmern.* Er musste noch mal zu Cora rein. Das Krankenhaus war chronisch überlastet, zu viele Patienten und viel zu wenig Personal. Das REA-Team war beschäftigt. Er konnte nicht warten. Er musste JETZT rein, sofort, ohne Schutzanzug ... Sonst würde die Patientin nicht überleben. Und schließlich hatte er ihr doch versprochen, alles zu tun, was in seiner Macht stand! Schnell riss er die Tür zur Isolierstation auf, schnappte sich den Defibrillator, setzte die Paddles auf den Brustkorb und verabreichte den ersten Schock. Der Körper der Patientin zuckte, doch auf dem Monitor änderte sich nichts. Verdammt! Noch mal.

„Das kann nicht sein!"

Schnell zog er eine Spritze auf und injizierte Adrenalin. Erneut griff er nach dem Defibrillator und gab ihr einen weiteren Elektroschock. Erwartungsvoll blickte er auf den Monitor.

„Komm schon, du musst mir helfen."

Nichts. Die Linie flimmerte und zeigte keinerlei normale Herzaktivitäten.

„Geh nicht in dieses Licht, auch wenn es verlockend ist!" Noch immer blickte er auf den Bildschirm. Dann hörte er endlich den vertrauten, gleichmäßig piependen Ton. Die Kurve war zurück. Sebastian atmete tief durch. Er war erleichtert. Vorerst.

Zwei Tage später spürte er, dass etwas nicht stimmte. In seinem Kopf hämmerte und klopfte es wie in einem Tagebau. Und damit nicht genug. Immer wieder hustete, ja vielmehr bellte er. Es war ein trockener Reizhusten, der sich nicht wirklich schlimm anfühlte, aber so präsent war, dass er ihn nicht ignorieren konnte. Stundenlang hatte er sich schließlich zu Hause durch die Covid-Hotline gequält, um seiner Meldepflicht nachzukommen. Dann wurden seine Daten endlich aufgenommen.

„Irgendwann", hörte er noch die Stimme der freundlichen Dame am Telefon, „kommt jemand zu Ihnen und nimmt einen Abstrich."

Dann war die Leitung tot. Wieder blieb er allein mit all seinen Fragen.

Als es viele Stunden später – um drei Uhr morgens – schließlich an seiner Tür klingelte, schreckte er hoch. Zuerst glaubte er, dass jemand falsch geklingelt hatte. Als er jedoch aufstand und aus dem Fenster blickte, sah er einen Einsatzwagen mit Blaulicht und wusste, dass es ernst war. Schnell schlüpfte er in seinen Bademantel, öffnete die Tür und sah sich einem kompetenten, gut gelaunten Notarzt gegenüber, der ihm erklärte, dass er jetzt den Abstrich nehmen werde. Und das tat er auch schnell, effizient und unaufgeregt. Ohne Zeit zu verlieren, hielt er ihm ein steifes Abstrichstäbchen entgegen, tauchte es tief in seinen Rachen, zog es wieder heraus, gab die Probe in eines seiner Reagenzgläser, verschloss es, packte es in seinen Koffer und verschwand so schnell, wie er gekommen war.
„Wie gehts Ihnen eigentlich?", rief der Arzt ihm noch zu, ohne wirklich eine Antwort abzuwarten. Gleich darauf fiel

die Haustür ins Schloss. *Merkwürdig*, dachte Sebastian. Erst jetzt fiel ihm auf, wie abwesend und wenig empathisch Menschen wirkten, die der Stress und die Hektik ihres Arbeitsalltags ganz aufgesogen hatte. Sie funktionierten, waren fokussiert auf das, was sie taten, und bestrebt, ihr Pensum abzuarbeiten, koste es, was es wolle. Und dabei vergaßen sie, auch mal über ihren Tellerrand zu schauen und zu fragen, wie es ihren Mitmenschen ging. Sie ähnelten einem Lipizzaner mit Scheuklappen, der vor einen Fiaker gespannt war und nichts anderes kannte, als loszutraben, wenn der Kutscher das Zeichen gab. Von dem, was rechts oder links um sie herum geschah, bekamen sie nichts mit, denn ihre Scheuklappen hinderten sie daran. Erst jetzt wurde Sebastian klar, dass auch er die ganze Zeit über ein wenig wie diese Kutschenpferde gewesen war. Tag für Tag war er „losgetrabt", hatte alles ausgeblendet, hatte seine eigenen Bedürfnisse, Gefühle, Wünsche und Träume erfolgreich verdrängt, nur mehr fokussiert darauf, seine Aufgaben zu erfüllen und die Ziele zu erreichen, die sein Beruf ihm vorgaben. Doch was war mit seinen eigenen Zielen? Er hatte sie aufgegeben, geopfert auf dem Altar einer internationalen Karriere.

Sebastian war froh, dass die Scheuklappen gefallen waren und er das sehen konnte, was ihm so lange verborgen geblieben war. Ob er wollte oder nicht: Plötzlich hatte er sehr viel Zeit zum Nachdenken. Noch war er sich nicht sicher, ob ihm das wirklich gefiel. Nachdenken, innere Einkehr halten, Bilanz ziehen, über sein Leben nachdenken, einer inneren Stimme folgen … All das waren doch Dinge, die eigentlich ins Kloster Seitenstetten – einen seiner letzten Tagungsorte – gehörten, nicht aber in den Alltag eines Arztes, ging es doch darum, Leben zu retten. Tag für Tag. Doch während er das Leben anderer Menschen rettete und ihnen oft Zeit schenkte, hatte er sich selbst darüber verloren. Ja, er hatte vergessen, wer er eigentlich war, wofür er stand, wovon er träumte, was er wollte, was ihn erfüllte. Wann war er eigentlich das letzte Mal glücklich gewesen? Und wie sah es aus mit der sprichwörtlichen Zufriedenheit? War er mit dem Leben, das er führte, wirklich zufrieden? Was fehlte? Was war es, das er all die Jahre verdrängt hatte und warum? Es waren viele Fragen, die jetzt gleichzeitig auf ihn einstürmten. Doch Zeit zum Nachdenken blieb ihm nicht, denn schon trat ein neuer „Kutscher" – namens ‚Zoom' – in sein Leben, und das Gespann setzte seine Reise fort: Sein Laptop wurde sein neuer Arbeitsplatz, es gab Meetings, Gremiensitzungen, Diskussionen mit den Mitgliedern der Covid Task Force, Teambesprechungen, Vorlesungen und Prüfungen. Alles online! Die Welt kam zu ihm nach Hause. Eigentlich nicht

schlecht, denn schließlich sparte die Krankenhausverwaltung Unsummen an Reisekosten. Es gab keine Flugzeuge mehr am Himmel, keine Jetlags und weniger Autos auf den Straßen. Die Erde konnte endlich aufatmen, nur der Wirtschaft und auch ihm selbst schien allmählich die Puste auszugehen.
Zwei Tage nach seinem Abstrich trudelte endlich der Quarantänebescheid ein: ohne zeitliche Beschränkung, dafür mit kompletter Mobilitätseinschränkung jenseits der Wohnungstür. Als zwei Wochen vorüber waren, wurde er ungeduldig. Er begann, geschäftig mit dem Magistrat zu telefonieren, um endlich die Aufhebung des Bescheides zu erreichen. Schließlich waren alle Schnelltests, die er in den vergangenen Tagen zu Hause durchgeführt hatte, negativ gewesen. Sieben Stunden dauerte es, bis er eine Amtsärztin aufgetrieben hatte, die berechtigt war, ihn aus der Quarantäne zu entlassen. Als er

schließlich das erste Mal nach Wochen seine Wohnung verlassen konnte, fühlte er sich etwas verunsichert. Und dann prasselten prompt auf dem Bürgersteig auch noch wütende Worte eines Passanten auf ihn ein. Dieser schimpfte wie ein Rohrspatz und gestikulierte wild, weil Sebastian den Mindestabstand nicht eingehalten hatte. Er versuchte, den Mann zu beruhigen, erklärte, dass er das Virus schon gehabt hätte. Doch das führte nur dazu, dass sich der ältere Herr noch mehr aufregte und schimpfend die Flucht ergriff.

Nur langsam schlich sich in den folgenden Wochen so etwas wie eine „neue Normalität" in seinen Arbeitsablauf ein. Er konnte wieder Patienten behandeln und Studierende unterrichten – alles unter strengen Sicherheitsvorkehrungen und mit den nötigen Testungen. Irgendwie gelang es ihm sogar, Frieden mit diesem fremden Eindringling namens Corona zu schließen, der ihm zeigte, wie wertvoll es war, hin und wieder die Scheuklappen abzulegen, die er sich im Laufe seines Lebens angelegt hatte. Schließlich hatten Corona und die Quarantäne ihm auch gezeigt, dass es eine Leere in seinem Herzen gab, die kein Job dieser Welt auszufüllen vermochte. Was blieb von den vielen Verletzungen und Enttäuschungen, die er im Laufe seines Lebens erlebt, erlitten und erfahren hatte? Es waren Narben ... die Art von Narben, die nur durch die Liebe geheilt werden konnten. Und ganz egal, wie viele Viren noch in sein Leben kommen mochten, ganz egal, was das Schicksal noch mit ihm vorhatte: Sebastian wusste, dass nur die Liebe jenen langen Atem hatte, ihn gesunden und seine Seele heilen zu lassen. Wie sehr sehnte er sich nach jenem Menschen, der ihm diese Liebe schenken würde! Wie sehr wünschte er sich eine Frau, die zuverlässig, liebevoll an seiner Seite blieb, eine Frau, die nicht versuchen würde, ihn zu beherrschen, ihn nicht eifersüchtig besitzen wollte, eine, die nicht egoistisch, jähzornig oder gar nachtragend war. Er sehnte sich nach jener Partnerin, die sich mit ihm freute und die sein Glück zu ihrem Glück machte, eine Partnerin, die ihn leidenschaftlich liebte, mit der er sich austauschen, aber genauso gut schweigen konnte. Würde er dieser Traumfrau wohl je begegnen? Wo war sie, jene Partnerin, die mit ihm hoffen, an ihn glauben und ihn lieben würde, ganz egal, was immer auch geschah? Wahre Liebe gab niemals auf. Und doch hatte er sie vor langer Zeit verloren. Wie aber konnte er etwas verlieren, das er nie gefunden hatte? Erst jetzt erkannte Sebastian, dass er dieser bedingungslosen Liebe noch nie begegnet war. Es war eine schmerzvolle, späte Erkenntnis. Doch es war nicht *zu* spät!

„Die Summe unseres Lebens sind die Stunden, in denen wir liebten."
(Wilhelm Busch)

Wien. Wieder war ein langer Tag mit Zoom-Meetings und Patienten in der Klinik zu Ende gegangen. Sebastian saß an dem kleinen quadratischen Tisch in seiner Küche und fühlte sich ausgebrannt und ausgelaugt – gerade so, als sei er eine Figur im Film „Und täglich grüßt das Murmeltier". Jeder Tag, jeder Abend, jeder Morgen glich dem anderen. Es gab weder besondere Höhen, noch besondere Tiefen. Sein Leben glitt dahin ohne die Wellenbewegung, die er sich so sehr wünschte. Er wollte endlich wieder fühlen, wie es war, weit draußen zu sein, den

Wind zu spüren, zu spüren, wie sich die Wellen wild auftürmten und wie die Gischt in sein Gesicht spritzte. Sebastian blickte aus dem Fenster. Er betrachtete die wunderschöne Tanne, die sich bis in den Himmel hinein zu erstrecken schien. Wie schön und gerade sie gewachsen war. Die Stürme, die in all den Jahren über sie hinweggebraust waren, hatten ihr nichts anhaben können. Nichts hatte ihre Schönheit getrübt. Stolz stand sie da, in ihrem wunderschönen dunkelgrünen Kleid mit tausend feinen Nadeln, die wie Smaragde glitzerten, wenn die Sonnenstrahlen auf sie fielen.

Und vermutlich wird sie auch die nächsten Jahre noch dort stehen, dachte Sebastian. Und er? Wo würde er sein? Würde er weiter hier allein an diesem Tisch sitzen, hinausblicken und seinen melancholischen Gedanken nachhängen? Würde er weiter verstohlen die hübsche Nachbarin und ihren Liebhaber im gegenüberliegenden Haus beobachten, wenn sie mal wieder Sex hinter dem übergroßen Küchenfenster hatten? Oft, wenn er zu ihnen hinüber sah, überlegte er, ob sie wohl glücklich waren. War es Liebe, die sie füreinander empfanden, oder war es nur Leidenschaft, die sie verband? Wie sehr sehnte er sich nach Nähe, wie sehr nach Berührungen, wie sehr danach, wieder leidenschaftlichen Sex mit einer Frau zu haben ... die ganze Nacht ... Wie schön würde es sein, morgens neben ihr aufzuwachen, sie zu küssen und zu spüren, wie das Verlangen wieder in ihnen erwachte? Wie schön würde es sein, wenn er sie an sich ziehen und sie spüren würde, wie sehr er sie begehrte? Wie würde es sein, wenn er ihre Hüften mit seinen Händen umfasste, sich langsam mit ihr auf den Rücken drehte und sie auf sich zog?

Wie würde es sein, wenn er sie sanft anhob, um sich wenig später in ihr zu versenken, sodass sie voll wilder Lust aufstöhnte? Wie würde es sein, wenn er ihr keuchend zuflüsterte, wie sehr er sie liebte, während er sich in ihr aufzulösen begann? *Heiße Gedanken,* dachte Sebastian versonnen, während er ins Hier und Jetzt zurückkehrte ...

Wenig später klappte er sein Notebook auf.
„Es macht mich glücklich", tippte er in das kleine Feld, das sich auf dem Bildschirm öffnete, „wenn ich die Musik des Lebens in mir höre, manchmal laut, manchmal zart und leise, manchmal beschwingt, manchmal romantisch und leidenschaftlich."
Ja, so leidenschaftlich, dachte er, *wie es gerade in meiner Vorstellung war.* Aber das konnte er natürlich nicht schreiben. Keiner Frau würde das gefallen. Eine Frau will erobert werden,

sie will das Gefühl haben, dass er nur sie begehrte, dass er nur sie liebte und dass er keine Sekunde ohne sie leben könnte. Er war überzeugt, dass es für eine Frau wirklich wichtig war, das Gefühl zu haben, das Wichtigste in seinem Leben zu sein! Und war das wirklich so schlecht? *Nein,* dachte er, und doch schlichen sich Zweifel ein. Er hatte zu viel Angst davor, dass eine neue Frau – eine neue Liebe – zu sehr klammern könnte, sodass er sich bedrängt fühlen und ausbrechen könnte … Aber vielleicht würde das nicht passieren, wenn sie die Richtige war?

Du darfst nicht so viel zweifeln, dachte Sebastian. Vielleicht musste auch er an sich arbeiten. Das Bedürfnis nach Nähe durfte nicht von seiner Angst vor zu viel Nähe erstickt werden.
Warum hatte er eigentlich solche Angst vor Nähe? Befürchtete er, die Kontrolle

zu verlieren, hatte er Angst, sich fallen zu lassen, verletzbar und weich zu sein, wenn er wirklich und aufrichtig liebte? Vielleicht war es etwas von alledem. Sebastian hatte Angst, aber er wusste auch, dass Angst ein schlechter Ratgeber war. Er musste frei sein, denn nur dann konnte er sein Herz öffnen. Nur wenn er bereit war, sich ganz hinzugeben – bedingungslos und ohne Angst –, würde er die Liebe finden, die er sich so sehr wünschte.

Sebastian seufzte. Er wusste, dass es nicht leicht werden würde. Und doch glaubte er noch immer daran, dass es möglich war. Er glaubte an die eine, große Liebe, die alles überwand. Und während er seinen Gedanken nachhing und glaubte, endlich alle Fragen des Onlineportals beantwortet zu haben, öffnete sich erneut ein Fenster. *Ganz schön hartnäckig, diese Forever-Love-Leute,* dachte er schmunzelnd.

„Geduld, mein Lieber", sagte er laut zu sich selbst und las die Aussage, die er ergänzen sollte: „Das Besondere an mir ist, dass ..."
Hmmm, überlegte er. *Was soll das sein? Eigentlich bin ich doch ziemlich normal. Da ist nichts wirklich Besonderes, Außergewöhnliches an mir.* Also schrieb er wahrheitsgemäß: „Ich bin verlässlich, selbstbewusst, humorvoll, liebevoll, manchmal zweifelnd, arbeitsam und zielorientiert."
Sebastian machte eine Pause, ging in die Küche und nahm eine Flasche italienischen Rotwein aus dem Weinkühlschrank. Er goss sich ein Glas ein und setzte sich zurück an den Tisch, nahm einen großen Schluck und fuhr mit den Fragen und Antworten fort.
„Was sind Dinge, ohne die du nicht leben kannst?", las er.
„Geistige und körperliche Nähe" waren ihm wichtig. Nichts war schöner, als mit einer Frau zu schlafen, mit der man nicht

nur körperlich, sondern auch geistig und seelisch vereint war. Wieder hing er den Bildern jener leidenschaftlichen Momente nach, die sich immer wieder in seine Gedanken schlichen. „Ein Zuhause" war ihm wichtig, und er trug es rasch als Antwort ein, bevor jene Bilder ihn ganz in ihren Bann zogen, „... und meine zwei Jungs."

Wieder träumte er davon, jene Frau zu berühren, träumte davon, sie zu küssen, an ihrer Unterlippe zu saugen und mit seiner Zunge ihren Mund zu erobern. Er träumte davon, vor ihr auf die Knie zu gehen, zwischen ihren Beinen zu kauern, um ihr das T-Shirt auszuziehen, unter dem sie nackt war. Er stellte sich vor, wie er sich selbst Hemd, Hose und Boxershorts abstreifte und zu Boden warf. Dann zog er ihr den Slip herunter, zog sie auf seinen Schoß und legte seine Arme über ihren Po. „Ich will dich", murmelte er, während er sie mit begehrlichen Blicken ansah und in sie eindrang.

„Ich liebe dich", flüsterte er vollkommen versunken in sich und seine Lust. Er bewegte sich langsam und sanft in ihr, bis auch sie sich auflöste. Es gab keine Grenzen mehr zwischen ihnen beiden. Alles floss, sie waren eins für jetzt und immer. Er spürte, wie sich dieses Gefühl in ihm ausbreitete und ganz und gar von ihm Besitz ergriff. Als sie ihre Beine fest um ihn schloss – so fest, als wollte sie ihn nie wieder loslassen –, glaubte er zu verglühen. Diese Tagträume erregten Sebastian zutiefst. Er brauchte eine Abkühlung. Schnell öffnete er die Terrassentür und ließ etwas frische, kühle Luft hereinwehen. *Du musst dich zusammenreißen, Sebastian!*

Erneut schaute er auf den Bildschirm und merkte, dass ihm das alles schon viel zu lange dauerte. Seine Ungeduld gewann wieder die Oberhand. Endlich, die letzte Frage! Er war

erleichtert und tippte schnell: „In fünf Jahren möchte ich … nicht einsam sein, noch immer voller Tatendrang stecken und trotzdem Ruhe gefunden haben."
Ruhe und Frieden finden, ein Zuhause haben an der Seite einer Frau, die er liebte. Ja, das war ein schöner Traum! Aber gab es diese Frau tatsächlich? Jene Frau, die er wieder und wieder in seinen erotischen Träumen sah … Jene Frau, der er seelisch und körperlich so nahe war, dass sich alle Grenzen in den Augenblicken des Glücks auflösten?

Doch bevor er in diese Augenblicke eintauchen konnte, musste er dieses verdammte Onlineprofil fertigbekommen. Sebastian ermahnte sich, nicht zu sehr in diese romantischen Welten abzudriften. Eigentlich passte das ganz und gar nicht zu ihm. Warum nur war er heute Abend so sentimental? Vielleicht lag es ja an dem älteren

Ehepaar, das ihn heute in der Klinik so sehr berührt hatte. Fast ihr ganzes Leben lang waren sie unzertrennlich gewesen. 64 Jahre lang waren die beiden einander nicht von der Seite gewichen und hatten alles miteinander geteilt. Und dann stand der Mann am Bett seiner Frau, wissend, dass es ihre letzten Minuten sein würden, denn sie litt an einer unheilbaren Herzinsuffizienz. Wie zärtlich er über ihre Wangen gestrichen hatte, wie sanft er ihr einen letzten Kuss auf den Mund gegeben und wie liebevoll und unendlich traurig er sie angesehen hatte. Und doch hatte er in diesem Moment gelächelt, als er ihre Hand hielt und sich ihr Brustkorb ein letztes Mal hob und senkte. Es war ein Lächeln, in dem alles Glück steckte, das er in all den Jahren mit seiner Frau erlebt hatte. Jenes Glück, das sie für immer miteinander teilten und das auch nach dem Tod nicht enden würde …

Sebastian seufzte. Wie es dem Mann jetzt wohl ging? Manchmal konnte er seine Patienten einfach nicht loslassen, obwohl er wusste, dass es nicht gut für ihn war und dazu führte, dass er ausbrannte, wenn er zu viel Anteil an ihren Schicksalen nahm. Und doch konnte er nicht verhindern, dass er mitfühlte und sogar mit ihnen litt, wenn ihr Schicksal ihm so naheging. Vielleicht hingen seine erotischen Gedanken ja mit diesem Ehepaar zusammen, denn waren Leidenschaft und Sex nicht das Lebendigste, was man dem Sterben und dem Tod entgegensetzen konnte? Er hatte bereits etliche Studien gelesen, die jene merkwürdige Verbindung zwischen Tod und Sex bewiesen.

So hatten Forscher aus Boston herausgefunden, dass Frauen dargestellten Bildszenen umso häufiger eine sexuelle Deutung gaben, je mehr Sorgen sie sich um den Tod machten.

Eine israelische Psychologin hatte sogar festgestellt, dass ihre Probanden zu riskanteren Sexpraktiken tendierten, sobald diese sie an ihre Sterblichkeit erinnerten.
Wir Menschen ticken seltsam!, dachte Sebastian. *Da muss uns erst die eigene Sterblichkeit, die eigene Vergänglichkeit vor Augen geführt werden, damit wir wieder Lust an der körperlichen Liebe empfinden.* Unwillkürlich dachte er an den Literaturkritiker Marcel Reich-Ranicki, der einmal sagte: „In der Literatur gibt es nur zwei Themen: die Liebe und den Tod. Alles andere ist Mumpitz." Vielleicht galt dieses Statement ja nicht nur für die Literatur, sondern auch für das reale Leben?

Wieder blickte Sebastian auf den Bildschirm vor sich. Ein Foto sollte er noch hochladen. Verdammt, mit Fotos hatte er es ja nicht so. Bilder, die ihn bei Vorträgen oder bei offiziellen Veranstaltungen in der Uni zeigten, hatte er zuhauf. Aber waren die für ein solches Portal geeignet? Würden sie Frauen ansprechen, die für ihn interessant sein könnten? Nein! Plötzlich kam ihm eine Idee. Vor einiger Zeit hatte er mit einem Freund einen Segeltörn an der kroatischen Küste gemacht. Davon gab es ein paar nette Schnappschüsse. *Na also,* dachte er zufrieden.

„Wer ständig glücklich sein will,
muss sich oft verändern.“
(Konfuzius)

Wien. „Wie geht es Ihnen heute?“, fragte Sebastian als er eingehüllt in Schutzkleidung, Handschuhe, FFP3-Maske, Haube, Schutzbrille und Gesichtsschild die Isolierstation betrat. Ein Lächeln überzog Coras Gesicht. Er freute sich, dass es ihr wieder besser ging. Manchmal machte das Schicksal eben doch etwas richtig. Sooft er auch in der Vergangenheit mit Gott und dem Schicksal gehadert hatte, war er heute doch versöhnt mit sich, mit dieser Welt und mit diesem Leben. Er trat an ihr Bett und

sagte: „Ich habe Ihnen etwas mitgebracht“. Cora blickte ihn neugierig an. Sebastians Hände kamen hinter seinem Rücken hervor und hielten ihr ein iPad mit rosafarbener Hülle und Sternchen entgegen.
„Mein iPad!“, rief Cora aufgeregt. „Wie kommt es hierher?“
„Ihre Freundin Rita hat es unten am Empfang abgegeben. Und schauen Sie, wir haben eine kleine Überraschung vorbereitet. Sie müssen es nur einschalten!“
Cora blickte ungläubig auf das Gerät.
„Kommen Sie, ich helfe Ihnen, sich aufzusetzen.“ Sebastian stützte sie, schob seine Hände unter ihre Oberarme, legte sie auf ihren Rücken und zog sie vorsichtig nach oben. Dann schob er ihr eines der großen Kissen hinter den Rücken. „Ist es gut so?“, fragte er und Cora nickte. Schließlich startete sie ihr iPad und gab das Passwort ein.

„Und jetzt klicken Sie bitte auf WhatsApp und starten den Videochat. Die beiden warten schon ganz ungeduldig darauf, endlich mit ihrer Mama sprechen zu können."
Cora hatte Tränen in den Augen. Aufgeregt drückte sie die Taste und sah ihre Jungs am Küchentisch ihrer Freundin sitzen. „Hallo, Mama", rief der Ältere aufgeregt. „Wir haben dich sooo vermisst."
„Bitte geh nie wieder so lange weg", setzte der Jüngere nach und beide drückten einen Kuss auf den Bildschirm. Cora war so überwältigt von ihren Gefühlen, dass sie kaum fähig war, Worte zu finden – geschweige denn zu sprechen.
„Ich hab euch so lieb", hauchte sie in den Bildschirm und blickte Sebastian dankbar an. „So", sagte er, jetzt müssen wir das Gerät wieder verschwinden lassen, sonst gibt es Ärger. Schließlich darf nichts von

außen auf eine Isolierstation kommen, was nicht komplett desinfiziert und steril ist."
Cora nickte. „Bis ganz bald", verabschiedete sie sich von ihren Söhnen und winkte glücklich.
„Bis bald, Mama", hörte sie noch, bevor der Bildschirm schwarz wurde. Sebastian spürte, wie Tränen in ihm aufsteigen wollten. *Verdammt noch mal, du wirst doch jetzt nicht etwa heulen?*, ermahnte er sich innerlich. *Reiß dich zusammen. Du bist Arzt und als solcher muss du Stärke zeigen, musst die Contenance bewahren, auch wenn das manchmal schwierig ist.* Er durfte sich nicht von seinen Gefühlen übermannen lassen, musste die Grenze zwischen sich und den Patienten ziehen, die er behandelte. Doch oft gelang ihm das nicht. Sebastian verdrückte ein paar Tränen der Rührung, schluckte und prüfte schnell noch die Werte der Patientin, damit sie nicht sah, dass er weinte.

„Alles sieht prima aus“, sagte er. „Ihre Sauerstoffwerte sind schon wieder richtig gut, Herzfunktion gut, Nierenfunktion normal und auch sonst scheint es Ihnen viel besser zu gehen. Ich denke, wenn es so weitergeht, können wir Sie bald entlassen“.

„Danke, Doc“, sagte Cora und strahlte ihn glücklich an. „Danke, dass Sie ihr Versprechen wahr gemacht haben! Sie sind ein guter Arzt. Ich habe gesehen, wie sehr Sie das alles berührt hat. Bewahren Sie sich das, denn das macht Sie so sympathisch und menschlich!“

„Das habe ich wirklich gern getan“, entgegnete Sebastian gerührt und wieder spürte er, wie sehr nahe ihm diese Patientin ging.

Es war spät – nach 19 Uhr –, als er sich endlich umgezogen hatte und die Klinik in Richtung Parkhaus verließ. Wieder hatte eine Covid-Sitzung die nächste gejagt, wieder waren neue

Lockdown-Vorschriften der Regierung erlassen worden, wieder hatten sie alle geplanten OPs verschoben, um Platz für die Covid-Patienten zu schaffen. Wie lange würde das wohl noch so weitergehen? Morgens um 5:30 Uhr stand er auf, fuhr in die Klinik und kam spät abends endlich nach Hause. Er spürte, wie die Anspannung allmählich von ihm abfiel. Es war wieder ein langer Tag gewesen, und doch ging er heute erfüllt nach Hause. Cora würde es schaffen und in wenigen Tagen zu Hause bei ihren Söhnen sein. Das war mehr, als er gehofft hatte. Es war ein kleines Wunder! Und manchmal – genau in den Momenten, in denen er gar nicht mehr damit rechnete – geschahen sie dann, diese kleinen Wunder.

Apropos Wunder: Wann war er eigentlich das letzte Mal richtig glücklich gewesen? Wieder kehrte er in Gedanken zurück zu jenem Tag der

Trennung. Wie sehr hatte er sich damals gewünscht, seine Söhne wieder zu umarmen, wieder bei ihnen zu sein, ihnen nah zu sein, ihre vertrauten Stimmen zu hören, wenn sie herumalberten und ausgelassen durchs Haus tobten, oder ihr glucksendes Lachen, wenn sie ihm mal wieder einen Streich gespielt hatten ... War es dieser Tag gewesen, an dem ihn das Glück für immer verlassen hatte? An dem es aus seinem Leben verschwunden war? Für immer? Sebastian wirkte abgespannt, als er in seinen Tesla stieg, den er stets für die Fahrt in die Klinik nutzte. Eigentlich hatte er keine Lust, sich heute mit dieser Frau zu treffen, die ihn auf „ForeverLove" kontaktiert hatte. Obwohl sie sehr lebendig und interessant geklungen hatte ... Irgendwie schien sie spontan und originell zu sein – und vielleicht war es ja eine schöne Abwechslung nach so einem langen Arbeitstag. *Wer weiß,* dachte Sebastian. *Manchmal werden ja gerade die Abende nett, zu denen man zuerst gar keine Lust hatte.* Vierzig Minuten später war er endlich in Wien angekommen. Er parkte seinen Tesla in der engen Seitenstraße und ging hinüber zu dem Café, in dem sie sich verabredet hatten. Heute Abend war es dort voll. Lautes Stimmengewirr tönte zu ihm herüber. Vermutlich nutzten viele noch die Freiheit, bevor die Ausgangssperre in wenigen Tagen in Kraft treten sollte. Sebastian betrat das typische Wiener Kaffeehaus und ließ seinen Blick schweifen. Wo mochte sie wohl sein, die Frau, die sich als Sängerin vorgestellt hatte? *Um die 40 müsste sie sein,* dachte Sebastian, nach dem Foto zu urteilen, das sie ihm geschickt hatte. In einer Ecke des Cafés saß eine Frau, auf die die Beschreibung passte, allerdings sah sie viel älter aus. Sebastian stutzte. Stimmte etwa das Klischee, das über Online-Plattformen immer wieder herumgeisterte? Dass die Leute, die dort unterwegs waren, ihr Alter und auch viele andere Daten aufhübschten und alles taten, was nötig schien, nur um Kontakte zu knüpfen? Und hatte er das nicht auch selbst getan? Hatte er nicht auch ein wenig ‚geschummelt' und seine *drei* Scheidungen einfach unter den Tisch fallen lassen? Er hatte zwar geschrieben, er sei geschieden – aber die Anzahl hatte er einfach weggelassen. Sebastian atmete tief durch. Das hatte ihm nach diesem Tag noch gefehlt. Langsam ging er an den Thonetsesseln aus der Kaiserzeit und an den gemütlichen denkmalgeschützten Sitzlogen vorbei zu dem Tisch, an dem die dunkelhaarige Daniela saß. Sie war eine noch immer schöne Frau mit langen, fast schwarzen Haaren, blassem Teint und rotem Mund, der ihr etwas Schneewittchenhaftes verlieh. Sie stand auf, damit sie sich zumindest mit einem Covid-Gruß begrüßen konnten. Seit das Virus die Welt erobert hatte, begrüßte man sich mit Ellbogen statt Küsschen, oder mit der Faust statt mit einer Umarmung. *Irgendwie ziemlich blöd,* dachte Sebastian, *dass man sich in der Öffentlichkeit überhaupt nicht mehr in den Arm nehmen, geschweige denn küssen kann.* Wie sollte da etwa Nähe oder gar eine Vertrautheit aufkommen? Beide setzten sich.

„Was trinkst du?“, fragte er und Daniela zeigte auf ihren Campari-Orange und bedeutete ihm, dass sie gern noch einen hätte.

Wie schön, dachte er, *sie trinkt schon mal das gern, was ich auch mag.* Dass sie mit ihrem Alter allerdings so getrickst hatte, fand er nicht gut. Er hasste es, belogen zu werden.

„Du bist Sängerin?“, fragte er, um das Gespräch zu beginnen, und sah ihr tief in die dunklen Augen. Doch so lange und intensiv er auch hineinblickte,

in seinem Inneren tat sich nichts. Es war, als würde er einer Fremden gegenübersitzen, bestenfalls einer weitläufigen Bekannten.
„Ja“, erwiderte Daniela, „ich singe am liebsten klassische Crossover und habe gerade meine erste CD aufgenommen. Viele Jahre war ich als Background-Sängerin bei berühmten Sängern und Bands engagiert. Aber irgendwann reichte mir das nicht mehr. Ich wollte mehr. Ich wollte endlich all die Aufmerksamkeit für mich, die ich verdient habe. Ich wollte nicht mehr nur ein Dasein im Schatten und im Hintergrund fristen. Und genau deshalb bin ich heute auch hier. Denn was für meinen Beruf gilt, das gilt für mein Privatleben erst recht.“
Sehr gut, dachte Sebastian. *Das klingt vielversprechend! Es klingt nach einer Frau, die weiß, was sie will.* Sie schien eigenwillig, aber durchaus interessant zu sein. Plötzlich stand Daniela

auf, stellte sich vor ihn und begann „Halleluja“ zu singen. Ihre spontane A-capella-Version war so wunderschön, und ihre kräftige, kratzige, fast rockige Stimme verzauberte ihn vom ersten Augenblick an und riss ihn mit. Die Gäste in dem Café waren inzwischen auf sie aufmerksam geworden und lauschten gebannt. Einige waren von ihren Plätzen aufgestanden und herübergekommen. Als Danielas letzter Ton verklungen war, ertönte frenetischer Applaus. Einige, auch Sebastian, riefen „Zugabe!“, und so sang Daniela noch einen weiteren Song.

Puh, wie sehr ihn das berührte. Noch nie hatte eine Frau für ihn gesungen oder etwas Ähnliches für ihn getan. Meist war er derjenige, der sich etwas Außergewöhnliches einfallen lassen musste. Als Daniela sich dann wieder setzte, blickte er sie bewundernd an.

Daniela genoss seine Blicke sichtlich. „Hat dir meine kleine Einlage gefallen?“, fragte sie, und Sebastian nickte. Erst jetzt spürte er, wie sehr sie nach Bestätigung hungerte. Langsam wurde ihm klar, dass hier eine Frau vor ihm saß, die bewundert werden wollte. Daniela war süchtig nach Aufmerksamkeit – um jeden Preis. Sie brauchte den Applaus. Wie eine Süchtige die Droge, so saugte sie jedes noch so kleine Wort, jede noch so zarte Geste der Zuneigung gierig auf. Und doch verschaffte es ihr vermutlich nur für eine kurze Zeit Befriedigung und verflog meist so schnell wie es gekommen war. Dann stürzte sie wahrscheinlich in ein tiefes Loch und brauchte mehr Aufmerksamkeit, um dort wieder herauszukommen. Viel mehr!

Erneut fiel Sebastian seine letzte Ehe ein. Wie oft hatte er in den vergangenen Jahren das Ego seiner Frau aufpolieren müssen, wie oft hatte er sie auffangen, ihre Launen ausgleichen, sie motivieren und aufbauen müssen, wenn sie mal wieder einen ihrer Einbrüche hatte? Wie Daniela war auch sie eine Süchtige gewesen – süchtig nach ständiger Aufmerksamkeit, süchtig nach Liebe, süchtig nach steter Bewunderung und Bestätigung. Nicht ein Tag verging, an dem sie ihn nicht fragte, ob er sie noch liebte. Nie war es ihr genug. Sie war wie eine Verhungernde, die sich nach seinen Liebesbekundungen verzehrte. Doch kaum war sie fürs Erste gesättigt, gierte sie wieder nach mehr ...

Immer deutlicher wurde Sebastian klar, dass Daniela nicht die Frau war, nach der sich sein Herz und seine Seele so sehr sehnten. Und während er in den letzten Minuten still geworden war, waren ihre Worte immer schneller auf ihn eingeprasselt. Fast schien es, als versuchte sie verzweifelt, sich auf Biegen und Brechen die Bestätigung zu holen, die sie so sehr brauchte. Doch je länger sie auf ihn einplapperte, umso mehr verspürte Sebastian den Impuls, aufzustehen und zu gehen. *Vielleicht,* schoss es ihm für einen kurzen Augenblick durch den Kopf, *tue ich ihr ja Unrecht?* Aber allein der Umstand, dass ihn so vieles an Daniela an die altbekannten Muster seiner Ex erinnerte, genügte, um in ihm ein Gefühl des Unbehagens zu säen, dem er sich nur schwer entziehen konnte. „Sebastian", hörte er sie schließlich laut und eine Spur zu vorwurfsvoll sagen, „du hast mir gar nicht mehr zugehört! Langweile ich dich etwa schon jetzt so sehr?"

„Nein, ganz und gar nicht", beeilte sich Sebastian zu versichern. „Das ist es nicht. Aber weißt du, ich glaube nicht, dass ich der Mann bin, nach dem du dich sehnst. Du bist eine tolle

Frau und du hast sicher einen Mann verdient, der das auch zu schätzen weiß. Aber dieser Mann bin ich nicht. Verzeih, wenn ich so direkt bin."
„Passt schon", sagte Daniela und etwas Enttäuschung schwang in ihrer Stimme mit. „Ist es wegen meines Alters, weil ich mich zehn Jahre jünger geschummelt habe und nun doch schon 57 bin?"
„Nein", sagte Sebastian. „Es ist in allererster Linie, weil die Chemie zwischen uns nicht stimmt. Ich finde dich sehr sympathisch, aber da ist nicht mehr. Ich habe keine Schmetterlinge im Bauch, ich spüre keine Energie, keine besondere Schwingung zwischen uns. Und das ist mir zu wenig. Ich brauche mehr – so wie du ..." Daniela nickte. „Danke, dass du so ehrlich warst. Ich bin sehr froh darüber. Es ist besser, zu wissen, woran man ist."
„Ja", bestätigte Sebastian und orderte die Rechnung. Er war müde und wollte

jetzt nur noch in sein Bett. Wenig später verabschiedete er sich von Daniela, wünschte ihr Glück, das sie nach seiner Meinung verdient hatte, stieg in seinen Tesla und brauste nach Hause. Wenngleich der Abend nicht so verlaufen war, wie er es sich gewünscht hätte, so war es doch durchaus heiter gewesen und hatte ihn für einen Moment aus seinem tristen Klinikalltag herausgerissen und auf andere Gedanken gebracht. Er hoffte inständig für Daniela, dass sie den Partner finden würde, der sie genauso liebte, wie sie war ...

Berlin. Soey war enttäuscht. Die Männer, die sich bislang bei ihr gemeldet hatten – und es waren nicht gerade wenige –, waren nicht das, was sie sich erhofft hatte: Egal ob Bankdirektor, Unternehmer, Künstler oder Jurist – keiner von ihnen hatte sie berührt, keiner hatte ihr Herz erreicht oder gar ihre Sinne gefesselt. *Verdammt noch mal,* fluchte Soey, stand auf und tigerte unruhig um ihren Schreibtisch herum. Wie konnte das sein? Wo war der Mann, den sie auf ihrer schamanischen Reise gesehen hatte? Sie war sich sicher, dass es ihn gab, doch sie wusste nicht, wo sie ihn finden konnte. Vielleicht, überlegte sie dann, war es jetzt an der Zeit, dass sie die Initiative übernahm, dass sie nicht wartete, bis ihr jemand schrieb, sondern selbst aktiv wurde. Außerdem war es einfach lästig, dass es Männer gab, die sie wieder und wieder anschrieben, obwohl sie nie antwortete. Erneut las sie ihre Nachrichten. Ein Jurist schrieb ihr: „Guten Morgen, wir passen laut Forever-Love überhaupt nicht zusammen mit unseren nur knapp 69 Matching Points, und es ist Zufall, dass ich Dein Profil geöffnet habe. Was Du über Dich und Deine Ansichten schreibst, gefällt mir. Falls Du mit den höheren Punktzahlen nicht so richtig weiterkommst, dann freue ich mich, wenn Du Dich meldest. Damit es nicht nur Bauchgefühl ist, erhältst Du ein paar Fotos von mir."

Eine witzige, mutige Nachricht, dachte Soey. Keck, frisch und unkonventionell. Genau wie es ihr gefiel. Lange betrachtete sie die Fotos, und doch blieb das Gefühl, nach dem sie sich so sehr sehnte, aus.

„So, Soey", sagte sie, um sich selbst zu motivieren. „Nun ist es an der Zeit, dass du den Kurs vorgibst."
Wieder betrachtete sie die möglichen Partner auf der Plattform. Irgendetwas in ihr zog sie nach Wien, jener Stadt, für die schon so lange ihr Herz schlug. Warum also nicht einen Partner ins Auge fassen, der aus Wien kam? Ein wenig gelangweilt blickte sie auf den Bildschirm. Gerade hatte sie die Treffer nach Matching Points sortiert, als ihr Blick an einem Profil hängen blieb. Es war der dritte Treffer, den der Computer ausgespuckt hatte. Sie klickte auf das Foto, auf dem ein Arzt als Kapitän auf einem Boot zu sehen war. Irgendetwas an diesem Bild gefiel ihr. Vielleicht war es jener entschlossene Gesichtsausdruck, den er hatte, vielleicht das unkonventionelle Cap, das er trug, oder vielleicht war es auch sein Blick, der in ungeahnte Weiten schweifte.

Als sie bemerkte, dass er einen dunkelblauen Pullover trug, erinnerte sie sich an ihren Traum. War das ein Zufall? Versuchte sie, sich gerade selbst etwas vorzumachen, sich die Dinge so zurechtzubiegen, dass es passte? Oder steckte mehr dahinter?
Je länger sie dieses Foto betrachtete, desto mehr nahm sie eine unbekannte Energie wahr, die etwas in ihr berührte. Noch war es nicht mehr als ein diffuses Gefühl, ein plötzliches Berührtsein, das sich einstellte, wenn sie ihn betrachtete, und doch wollte sie diesem Gefühl nachspüren. Sie stellte sich vor, wie es wäre, neben ihm auf dem Boot zu stehen, während sie gemeinsam zu neuen Ufern aufbrachen. Wie würde es sein, wenn er eine Hand ans Steuer legte und einen Arm um ihre Hüfte schlang? Sie stellte sich vor, wie sie gemeinsam durch wilde Gewässer fuhren, wie die Gischt ihnen ins Gesicht schlug,

die Wellen ans Boot brandeten und die Sonne durch die Wolken brach. Wie würde es wohl sein, mit ihm in der gemütlichen Koje des Bootes zu liegen, das Schlagen der Wellen am Bug zu hören und von den schaukelnden Bewegungen getragen zu werden, während seine Hand langsam ihr Bein heraufwanderte, ihren Rock hochschob und über ihre Haut glitt? Soey sah, wie er sie zart und fast scheu küsste, spürte, wie seine Lippen eine Spur samtweicher Küsse von ihrem Ohrläppchen zu ihren Wangen zeichneten, während er mit seiner Hand vom oberen Ende ihrer Strümpfe zu ihrem Slip fuhr und ihn herunterstreifte. Dann schlang er sich um ihre Hüften, umfasste ihre Taille und hob sie hoch. Er stöhnte und flüsterte kehlig: „Setz dich auf mich", öffnete ihre Bluse, ließ seinen Daumen über ihre Unterlippe gleiten und steckte ihn in ihren Mund.

Sie saugte gierig daran. Wieder und wieder. Als er ihn lustvoll keuchend entfernte, fuhr er damit über ihr Kinn, ihren Hals und ihr Brustbein. Seine Hände umfassten sanft ihre Brüste, seine Daumen glitten über ihre Brustwarzen, umkreisten und liebkosten sie langsam. Soey fühlte, wie ihre Haut unter seinen Berührungen glühte und sie nur noch tiefes Verlangen in sich spürte ...
Wie würde es wohl sein, wenn er sich in ihr versenkte und sie dabei in die lustvoll funkelnden Augen dieses Mannes blickte? Wie würde es sein, wenn sie begann, sich auf und ab zu bewegen, während er laut aufstöhnte und seine Zunge gierig ihren Mund eroberte? Wie würde es sich anfühlen, wenn seine Hände auf ihrem Po lagen, sie leiteten, sie auf und ab bewegten, wieder und immer wieder in seinem Rhythmus? Zum ersten Mal nach langer Zeit bekamen Soeys Gedanken Flügel ...

Und ehe sie es sich versah, tippte sie eine Nachricht an diesen Unbekannten in die Tastatur:

„Wirbelwind an Kapitän, wie das Leben so spielt, bin ich per Zufall – und es gibt ja nach meiner Überzeugung keine Zufälle im Leben – über Dein Profil gestolpert. Als Arzt hast Du in diesen schwierigen Zeiten sicher keinen leichten Stand. Aber bestimmt hast Du diesen Beruf aus Leidenschaft gewählt und weil er für Dich eine Berufung ist. Vielleicht magst Du mir ja ein wenig mehr darüber erzählen. Ich bin Autorin, schreibe leidenschaftlich gern – vor allem Liebesgeschichten. Genau wie Du mag ich gerne Klassiker, aber mehr faszinieren mich Schriftsteller wie Leo Tolstoi und Gabriel García Márquez. Vielleicht hast Du ja Lust, etwas mehr über Dich und Deine Leidenschaften zu erzählen ... Liebe Grüße, Soey." Dann drückte sie auf „Senden".

„Die große Herausforderung besteht darin, überhaupt aufzubrechen, vermeintliche Sicherheiten hinter sich zu lassen und stattdessen der Ungewissheit des Weges zu begegnen. Der Weg entsteht dann wie von selbst.“
(Gregor Sieböck)

Wochenende, in der Nähe von Wien. Endlich stand Sebastian auf dem Gipfel! Nach drei Stunden Aufstieg war er ganz oben angekommen. Er genoss den sensationellen Ausblick in über zweitausend Metern Höhe und ließ seinen Blick über die unendliche Weite der Täler und Bergzüge schweifen. Tief atmete er die frische Luft ein. Er ließ sich auf einen der Felsen in der Nähe des Gipfelkreuzes gleiten und blickte über die Wolken. Sebastian traute seinen Augen kaum. Dort hinten, ganz am Ende des Horizonts, erstreckte sich ein kleiner Regenbogen, der sich um die Sonne legte, die es heute nicht durch die Wolken geschafft hatte. Fasziniert betrachtete er dieses Schauspiel der Natur. Er mochte diese meditativen Momente. Ganz und gar konnte er in ihnen versinken, konnte alles loslassen … all die Sorgen, all den Kummer, all die schweren Geschichten und Schicksale seiner Patienten – alles schien dann weit weg. Wie sehr hatte sich sein Leben durch Corona verändert! So oft fühlte er sich allein und vermisste die Unbeschwertheit jener Abende, an denen er sich mit Freunden oder seinen Söhnen zum Abendessen in der Stadt getroffen hatte. Ihm fehlten die Abende, an denen er ein Konzert der Philharmoniker besucht hatte oder einfach auf ein Glas Wein in seine Lieblingsbar gegangen war. Nichts war mehr, wie es einmal war. Und doch war etwas geblieben: Die Natur, die ihm zeigte, wie einfach, schlicht und doch wunderschön das Leben sein konnte. Gedankenversunken nahm Sebastian seinen Rucksack von den Schultern, öffnete die Schnalle und nahm eine Thermosflasche mit frischem Kaffee heraus. Er goss sich einen Becher ein, nahm die Waffeln mit Haselnussfüllung, die er mitgenommen hatte, und biss genüsslich hinein. Köstlich! Wenig später packte er alles ein, schulterte sein leichtes Gepäck und kletterte über die Gesteinsformationen Richtung Tal hinab. Er wusste, dass er zurückkehren musste, bevor die Dämmerung begann. Nebel hatte eingesetzt und das Tal vollständig eingehüllt und ließ ihn an das Gemälde „Der Wanderer" von Capar David Friedrich denken. Schon oft in seinem Leben hatte er sich so einsam gefühlt wie jener

Wanderer im Gemälde, der auf dem Felsen steht und seinen Blick über die Gebirgslandschaft schweifen lässt. Wie oft hatte er schon wie dieser Fels in der Brandung stehen müssen? Und hatte er das in seinem Privatleben nicht auch immer versucht? Hatte er nicht immer versucht, für seine Partnerin ein Fels in der Brandung zu sein, für sie da zu sein und an ihrer Seite zu stehen? Wieder kehrten die Bilder jener Nacht zurück, in der seine letzte Ehe für immer zerbrach. Nastja hatte sich mit einem Küchenmesser vor ihm aufgebaut, und gedroht, ihn umzubringen, wenn er sie verließ. Wieder sah er sich in der kleinen Küche stehen – unfähig zu begreifen, was da vor sich ging. Außer sich vor Wut schrie sie ihn an, tobte, weinte, flehte, fluchte, beleidigte und erniedrigte ihn. War das die Frau, in die er sich einst verliebt hatte? War das die Frau, die so sanft und liebevoll sein konnte?

War das die Frau, der er so sehr vertraut hatte und die er so sehr zu lieben glaubte, dass er sein ganzes Leben mit ihr verbringen wollte? Wie oft hatte sie ihn in den vergangenen Monaten bereits angegriffen, wenn ihre Emotionen und ihre Eifersucht mal wieder mit ihr durchgegangen waren? Wie oft hatte sie mit ihren kleinen Fäusten auf seine Brust getrommelt oder ihm deftige Ohrfeigen verpasst, die seine Wangen zum Glühen brachten? Stets hatte er ihre Ausbrüche stumm über sich ergehen lassen, hoffend, dass sie sich irgendwann wieder beruhigen würde. Doch diese Hoffnung hatte sich nicht erfüllt. Mit jedem ihrer Ausbrüche hatte sie etwas mehr von jener Liebe ausgelöscht, die sie beide einst so tief verbunden hatte – bis selbst die Glut erloschen war und bis nichts mehr blieb. Nichts, nur mehr schwarzer Rauch und die Überreste eines einst so großen Feuers. Nun stand sie hier direkt vor ihm und er glaubte, diese Frau nicht zu kennen, ja nie wirklich gekannt zu haben. Sie war wie eine Einbrecherin, die gewaltsam eingedrungen war, eine Fremde, die sich wie ein angeschossenes, in die Ecke gedrängtes Tier verhielt, das spürte, dass es keine Chance mehr hatte. Ein Tier, das sich doch noch einmal aufbäumte, um im Todeskampf alles mit sich in den Abgrund zu reißen. Sebastian spürte, wie sich der Abgrund öffnete. Es gab kein Zurück mehr, kein Vorwärts, kein Seitwärts ... Es gab nur noch den dunklen Abgrund, der vor ihm lag und in den er schaute. Und je länger er in ihn blickte, umso mehr spürte er, wie der Abgrund zurückstarrte. Immer größer schien seine Macht zu werden. Sebastian fühlte, dass es nicht mehr lange dauern würde, bis er ihn ganz und gar verschlingen würde. Dabei war es nicht der Sturz allein, der ihn ängstigste, sondern das Ende, das ihn so sehr mit Schmerz erfüllte, dass er glaubte, es nicht aushalten zu können. Nein, er konnte sich nicht gegen dieses waidwunde, wütende Tier wehren, das vor ihm stand. *Und wer weiß,* dachte Sebastian jetzt, *was geschehen wäre, wenn nicht ein aufmerksamer Nachbar die Polizei gerufen hätte?*

Wie oft waren diese Bilder schon zurückgekehrt, die ihn an diese Nacht erinnerten? Sebastian versuchte, sie abzuschütteln, aber die Narben hatten sich tief in seine Seele eingebrannt. Manchmal fiel es schwer, noch an die Liebe zu glauben. Manchmal traute er seinen eigenen Gefühlen nicht mehr. Sein Herz hatte sich bereits zu oft geirrt. Vielleicht war er auch deshalb mehr und mehr in seine Welt als Wissenschaftler geflüchtet und hatte sich all dem verschrieben, was beweisbar und belegbar war? Alles hier war klar und eindeutig. Irrtum ausgeschlossen. Schließlich sprachen die Fakten, Studien oder Forschungsergebnisse für sich. Sie halfen ihm, Entscheidungen zu treffen und ebneten seinen Weg, um Ziele zu erreichen. Ja, der Verstand war unbestechlich, aber dennoch gab es Situationen, in denen das Herz über den Verstand siegte. Wieder dachte er an Caspar David Friedrichs „Wanderer“. Warum wohl trafen sich in dem berühmten Bild die Gebirgskämme genau dort, wo sein Herz schlug, und nicht etwa dort, wo der reflektierende Verstand saß? Vielleicht war es an der Zeit, überlegte Sebastian, dass er wieder Mut fasste, auf sein Herz vertraute, seinen Gefühlen folgte und begann, auf sein Bauchgefühl zu hören, das er so lange weggesperrt hatte. Vielleicht sollte er endlich das schwere Gepäck ablegen, das er mit sich herumschleppte – jenes Gepäck, das ihm so oft die Luft zum

Atmen genommen hatte und das auf seine Stimmung drückte, ihn verzweifeln und viel zu oft zweifeln ließ? Vielleicht war es Zeit, sich endlich frei zu machen, sich Luft zu verschaffen, es abzustreifen, weil es ihm all die Wege versperrte, die das Leben noch für ihn bereithielt?

Viele Fragen auf einmal, dachte Sebastian, während er an die Baumgrenze gelangte und jene Zone vor ihm lag, in der es wieder grün und bewachsen war. Plötzlich hörte er ein aufgeregtes gackerndes Geräusch. Er blickte genauer hin und sah einige Schneehühner, die erschrocken vor ihm flüchteten. Sebastian hielt einen Moment lang inne und sah hinab ins Tal. Wie schön die Aussicht doch war. Warum musste er eigentlich immer wieder den Gipfel aussuchen? Warum reichte es ihm nicht, bis hierher zu laufen oder normale Waldspaziergänge zu machen? Vielleicht deshalb, weil er

Herausforderungen liebte? Weil er es liebte, sich diesen Herausforderungen immer wieder aufs Neue zu stellen und weil er es mochte, all den Widrigkeiten zu trotzen, um am Ende doch zu siegen. *Nein,* dachte Sebastian: Der Weg war nicht das Ziel. Es war der Gipfel, der lockte. Nicht nur, weil die Aussicht von dort so einzigartig war, sondern weil es ihm gefiel, ihn einzunehmen, zu erobern und zu bezwingen. Sebastian wollte ganz oben stehen, er wollte etwas hinterlassen, das überdauerte, so wie dieser Gipfel. Ja, etwas, das auch noch in Hunderten von Jahren da sein würde, wenn man ihn selbst längst vergessen hatte.

„Wie schön wäre das?", seufzte er. Doch so beglückend, befreiend und erhaben es war, endlich dort oben zu stehen und all die Nebel und Widrigkeiten dieses Lebens unter sich gelassen zu haben, so unübersehbar war es auch, dass dieses Erlebnis des Triumphes nur eine kurze Verweildauer hatte. Nirgendwo sonst war man dem Abgrund so nahe wie auf dem Höhepunkt seines Erfolges. Vielleicht reizte es ihn ja auch, mit diesen Gegensätzen zu spielen, die oft im Leben so dicht beieinander lagen: Erfolg und Misserfolg, Glück und Leid, Liebe und Hass – eine Liste, die sich fast endlos fortsetzen ließ. Sebastian wusste, dass es schnell vorbei sein konnte, wenn er einen falschen Schritt tat, wenn er sich einmal nicht richtig sicherte, wenn das Wetter sich drehte oder seine Kräfte nicht mehr für den Abstieg reichten. Gipfel waren eben nicht dafür gemacht, dauerhaft auf ihnen zu verharren. Viel zu einsam war man dort, viel zu widrig waren die Bedingungen, zu karg, zu felsig, zu unwirtlich das Gelände und viel zu rau die Winde, die schnell in Stürme umschlagen konnten.

Als er gerade noch rechtzeitig vor Einbruch der Dämmerung zurück auf dem Parkplatz im Tal war, holte Sebastian sein Handy heraus. Vielleicht war ja eine Nachricht gekommen. *Tatsächlich!,* dachte er erfreut, als er die Zeilen des Berliner Wirbelwindes las. *Was für ein frecher, origineller Text,* dachte er und schrieb:

„Liebe Soey, das ist ja ein richtiger Wirbelsturm von Infos und Fragen. Tolstoi und Márquez kann ich gut nachvollziehen. Als ‚Wienerin' musst Du Dir noch Doderer und Schnitzler zulegen. Ansonsten wird das sicher spannend, nach Wien zu gehen, wobei ich es lustig finde, dass ich überlegt habe, nach Berlin an die Charité zu wechseln. Ich bin Wissenschaftler und Chirurg, nicht ganz einfach, aber lieb, einfühlsam und sehr aktiv. Ein Bild von Dir wäre hilfreich, damit ich mir vorstellen kann, wie so ein Wirbelwind ausschaut. Liebe Grüße, Sebastian."

Berlin. Soey hatte vergeblich auf eine Nachricht des unbekannten Kapitäns gewartet. *Verdammt*, fluchte sie in Gedanken. Vielleicht hatte sie sich ja wieder einmal getäuscht. Vielleicht hatte sie einmal mehr alle ihre Hoffnungen, Wünsche und Träume aufs falsche Pferd gesetzt. Vielleicht war der Kapitän längst verliebt, vielleicht war er gar verheiratet oder inzwischen anderweitig liiert? Doch obwohl sie sich diese Szenarien immer wieder gebetsmühlenartig vorsagte, weigerte sich ihr Bauch hartnäckig, die Hoffnung aufzugeben.

Plötzlich vibrierte ihr Handy. Soey blickte aufs Display und sah, dass eine Nachricht von Christian eingetroffen war.

„Liebe Soey, ich denke Tag und Nacht an uns. Kann ich es nicht wiedergutmachen? Hast Du bereits jemand anderen? Habe ich keine Chance mehr? Es tut mir so leid. Ich habe einen einzigen furchtbaren Fehler gemacht! Kannst Du mir nicht verzeihen? Im Verzeihen des Unverzeihlichen kommt die Liebe des Menschen der göttlichen Liebe am nächsten. Ich bitte Dich, mir zu vergeben. In Liebe, Dein Christian."

Warum konnte er sie nicht einfach in Ruhe lassen? Wie sollte sie das jemals hinter sich lassen und neu beginnen, wenn er sie immer wieder zurück in die Vergangenheit zog und Zweifel in ihr Herz säte?

Wieder ertönte der klare Gong, der ihr so vertraut war und der den Empfang einer weiteren Nachricht signalisierte: „Liebe ist in erster Linie ein Akt der Entscheidung. Eigentlich sollte es eine unwiderrufliche Entscheidung sein. So wie sich Gott auch nicht vom strauchelnden Menschen abwendet, sondern ihn mit liebender Hand und Verständnis zurückführt!“

Ach Christian, seufzte Soey. *Wenn ich dir vergeben könnte, hätte ich es getan. Liebe ist eben nicht nur ein Akt, sie ist eben auch ein Gefühl, das auf Vertrauen basiert. Nur wenn beides zusammenkommt, kann man sich unwiderruflich für den anderen Menschen entscheiden.* Soey tippte:

„Es tut mir leid, Christian, aber ich kann Dir das, was Du getan hast, nicht vergeben. Es hat mich zu tief verletzt und mein Vertrauen erschüttert …“

Müde ließ sie sich auf ihre gemütliche Couch sinken. Sie merkte, wie sehr ihre Gefühle noch immer Achterbahn fuhren, wenn sie an Christian dachte. Sie spürte, wie sehr sie ihn noch immer liebte, sie spürte aber auch, wie groß ihre Wut und die Enttäuschung waren, die sich zu einem toxischen Cocktail zusammenbrauten. Soey konnte fühlen, wie sich der giftige Cocktail durch ihren Körper fräste, fühlte, wie schwer ihr Herz wurde, und sie spürte, wie sie Stück für Stück tiefer in dieses traurige, verletzte, depressive Gefühl glitt, das sie so gern hinter sich lassen wollte. Wie lange würde es wohl dauern, es loszuwerden? Die Zeit heilte manche Wunden – und doch blieben einige, die ein Leben lang schmerzten. Manchmal war das Leben schon verdammt hart! Und wo war es jetzt, dieses wunderbare Licht, von dem ihre Mutter immer gesprochen hatte ...?

Wieder loggte sie sich bei „Forever-Love" ein. Und tatsächlich! Da war es, das Licht, das ihr Herz mit Hoffnung erfüllte: Sebastian! Kaum hatte sie seine Nachricht zu Ende gelesen, flogen ihre Finger auch schon über die Tastatur:

„Lieber Sebastian, das ist ja sehr spannend! Berlin ist schon eine tolle Stadt und die Charité sicher eine interessante Herausforderung für Dich. Ich werde immer einen Koffer in Berlin haben, da ich eine kleine Wohnung und einige Freunde hier habe. Die Achse Berlin – Wien ist bestimmt interessant. Mit einem kleinen Zwischenstopp in Prag ist es zudem eine wunderschöne Autofahrt. Gern sende ich Dir ein Foto, allerdings würde ich das lieber per Mail oder auch via Threema schicken. Du schreibst, dass Du nicht einfach bist. Nun, ich glaube, dass das auch für mich gilt, denn ich kann ein ziemlicher Dickkopf sein, der sich gern ein paar Beulen und blaue Flecken holt, weil er immer wieder versucht, durch Wände zu gehen, die einfach zu dick für ihn sind. Bin gespannt, was es bei Dir ist. Außerdem ist ‚einfach' ja auch irgendwie langweilig. Und wer will schon langweilig oder ‚normal' sein? Ganz liebe Grüße von dem kleinen Wirbelwind aus Berlin."

Schnell drückte Soey auf Senden. Schon jetzt freute sie sich sehr auf die Antwort.

Und die ließ nicht lange auf sich warten:

„Hallo, Soey", schrieb der Kapitän, „das klingt ja wirklich alles toll! Auf jeden Fall bin ich auf Deinen Liebesroman gespannt. Ich hoffe, der hat ein Happy End, denn ich mag diese Liebesunglücksgeschichten nicht. Falls es so eine Geschichte sein sollte, musst Du ihn unbedingt umschreiben:-) Ich helfe Dir gern dabei und bringe mich als die Lösung am Schluss ein:-). Wann bist Du wieder in Wien, oder darfst Du wegen Covid überhaupt nicht reisen? Ich habe Covid schon gehabt und gut überstanden. Du bist also total safe mit mir :-), zumindest bezüglich des Virus. Freue mich, weiter von Dir zu hören – sehen geht ja nicht:-) Sebastian."

Soey verschlang die wenigen Zeilen. Dann schrieb sie:

„Lieber Sebastian, das klingt ja spannend! Die Lösung am Schluss also? So, so ... Du wirst lachen: Da es ein Mehrteiler wird, kann es natürlich am Ende des ersten Teils noch kein Happy End geben, aber Teil zwei wird tatsächlich einen sehr schönen Schluss haben: Die Hauptfigur Sara verliebt sich in einen Arzt ... (wenn das kein Zufall ist!) Wenn Du magst, schicke ich Dir gern ein Buch. Du findest mich und meine ‚Babys' – nebst Foto – auf Amazon. Das mit Covid klingt ja gar nicht gut. Wie war Deine Zeit mit dem Virus? Bestimmt nicht einfach. Ich weiß noch nicht, wann ich wieder nach Wien komme. Im Moment hat Deutschland Wien ja auf die ‚Rote Liste' gesetzt und man müsste nach der Rückkehr in Quarantäne. Mal sehen, wann ich wieder fahren kann. Ich bin ja Gott sei Dank kein ängstlicher Mensch. Alles Liebe, pass gut auf Dich auf! Bis hoffentlich bald. Freue mich, von Dir zu lesen, Soey."

„Ich bin sehr beeindruckt!", schrieb Sebastian wenig später zurück. „Sowohl von der Verpackung als auch vom Inhalt :-) Du kannst im Netz unter ‚Prof. Sebastian Blum' schauen, dann weißt Du, was ich so schreibe (leider keine Liebesgeschichten). Bücher gibts auch, allerdings nur über Notfallmedizin, unter anderem auf der Uni-Seite.

Also, wenn Du mich googelst, weißt Du, was ich den ganzen Tag so mache. Liebe Grüße aus dem ‚roten' :-) Wien. Sebastian."

Soey saß noch immer auf der Couch und starrte wie gebannt auf ihren Laptop. Die ganze Nacht ging das nun bereits hin und her! Es war wie ein Tennismatch, bei dem sie sich immer wieder die Bälle zuspielten. Und mit jedem neuen Aufschlag, jedem noch so kleinen Signal stieg ihre Aufregung. Soey spürte, wie ihr Herz von Mal zu Mal schneller schlug und wie ihre Finger bebten. Sie spürte im Bauch jene Schmetterlinge, die sie viel zu lang vermisst hatte.

„Lieber Kapitän", schrieb sie, „ich bin auch beeindruckt. Toll, was Du da alles auf die Beine stellst! Chapeau! Das sieht nach sehr erfüllten und erfüllenden Tagen aus. Da bleibt wenig Zeit für Liebesromane (lach) ...

Hoffentlich kannst Du zumindest an den Wochenenden auch mal relaxen! Was machst Du gern, wenn Du frei hast? (Ach ja: Und Du hast mir noch immer nicht verraten, warum Du ‚nicht ganz einfach‘ bist. Du weißt ja, dass ich ein kleiner hartnäckiger Dickkopf bin und nicht so schnell lockerlasse …) Vielleicht hast Du Lust, etwas mehr über Dich zu erzählen? Ganz liebe Grüße von dem ‚kleinen‘ Berliner Wirbelwind Soey

„Liebe Soey, ich denke, über Mangel an erfüllender Lebensweise brauchen wir uns zumindest beruflich beide nicht zu beklagen. Ob allerdings unsere Work-Life-Balance wirklich stimmt, weiß ich nicht: Der Umstand, dass wir uns hier auf dieser Plattform treffen, sollte uns nachdenklich stimmen. Aber das meine ich gar nicht negativ, sondern als Ausdruck dafür, bereit für Neues zu sein … und neugierig zu sein! Wobei ‚neugierig' auch das Wort ‚gierig' beinhaltet und eine Plage sein kann. Ich meine nicht die Gier nach Geld, sondern vielmehr das Gefühl, gierig zu sein nach Leben, gierig zu sein nach Glück, gierig zu sein nach mehr Liebe, mehr Gefühl, mehr Nähe, mehr Vertrautheit, mehr Sex, mehr Erfolg. Dieses Verlangen nach mehr kenne ich nur zu gut. Und ich weiß, dass es ein Teufelskreis ist. Wenn man ihn nicht durchbricht, wird man stets unzufrieden sein und Dingen nachjagen, von denen man glaubt, dass sie einen endlich glücklich und zufrieden machen. Jetzt versuche ich Balance zu halten und nehme mich auch gerne mal raus aus dieser Mühle. Ich gehe dann in die Berge oder fahre ans Meer (am liebsten auf einem Segelboot) und lasse diese wunderschöne Welt auf mich wirken. Dann wird meine Unrast ruhig und Demut kehrt ein.

Bei all dem Wahnsinn mit der Covid-Pandemie hat der Lockdown doch auch was Gutes bewirkt: Alle meine Kongressreisen sind abgesagt und ich habe Muße, um mich wieder mit anderen Dingen zu beschäftigen. Deshalb bin ich auch hier und habe Zeit, neue Menschen kennenzulernen. Mir ist im Erfolgstrubel gar nicht aufgefallen, wie einsam ich innerlich eigentlich bin. Ich bin seit einigen Jahren geschieden und habe zwei erwachsene Kinder – vielmehr Männer von 21 und 23 Jahren – die manchmal mit mir essen gehen und mich ab und an zum Bergsteigen oder Skifahren begleiten. Ich bin hungrig nach tiefen Gesprächen und wirklichem Austausch, nach Nähe und Seelenverwandtschaft. Es gefällt mir, dass Du viel schreibst, dass Du Input forderst und ihn auch selbst geben willst. Na ja, zu dramatisch solls auch nicht werden. Ich liebe Humor und Witz, aber auch Ruhe und stilles Verstehen und Zuhören. Wenn Du willst, können wir uns gern via WhatsApp austauschen oder wir chatten hier einfach weiter:) Ich fände es schade, uns zu verlieren, denn Du bist schon sehr besonders. PS: ‚Schwierig' habe ich nur so geschrieben, da mein Leben – wie Deines – sehr voll ist. Man muss sich schon Zeit nehmen, um genau zu schauen, wer sich hinter einer Fassade verbirgt. Ich merke, dass das einigen Menschen zu umständlich ist. Deshalb sagen sie, ich sei schwierig. Verstehst Du? Aber ich bin eigentlich ganz und gar nicht schwierig, sondern ganz einfach. Schönen Abend. Sebastian."

Soey war gerade ein wenig eingenickt, als der vertraute Piepton sie weckte und ihr Herz bis zum Hals schlagen ließ. Mit zitternden Fingern schrieb sie:

„Lieber Sebastian, Du schreibst, dass Du gierig nach Leben, nach Glück und nach mehr bist. Ja, dieses Gefühl kenne ich sehr gut. Gerade die letzten Monate waren nicht leicht für mich. So manches Mal habe ich wie Du eine große Sehnsucht verspürt, wieder einem Menschen zu begegnen, zu dem ich eine große Nähe verspüre – sowohl seelisch als auch körperlich, eine Nähe voll Zärtlichkeit und Leidenschaft. Oft habe ich von meinen Freunden gehört, ich müsste wieder mehr am Leben teilhaben. Sicher war das richtig, aber man muss diese Sehnsucht auch tief im Innersten verspüren, und ich glaube, dass ich diese Zeit gebraucht habe, um zu mir zu finden und wirklich tief in meinem Innersten wieder bereit zu sein, neu zu beginnen und mich ganz auf einen neuen Partner einzulassen. Manchmal bin ich genau wie Du traurig, weil mich die Oberflächlichkeit meiner Umgebung enttäuscht. Das hat leider dazu geführt, dass ich mich mehr und mehr zurückgezogen habe. Und genau diesen Rückzug möchte ich gern wieder aus vollem Herzen beenden, denn ich habe den Glauben und die Hoffnung nie aufgegeben, dass es doch noch Menschen gibt, die anders sind. Menschen, für die Werte wie Treue, Vertrauen, Ehrlichkeit, Offenheit, Liebe (und ich spreche hier von der einzig wahren, der bedingungslosen Liebe, bei der man das Glück des anderen zu seinem eigenen Glück macht) und der Glaube (egal woran man glaubt, es ist wichtig, *dass* man glaubt) noch zählen. Du scheinst ein sehr tiefgründiger Mensch zu sein und ich glaube, dass

Online-Dating-Portale eigentlich nicht das Richtige für solche Menschen sind. Und doch kommt man manchmal im Leben an einen Punkt, an dem man sich sagt: ‚Okay, Du hast die Wahl, entweder weiter allein zu bleiben oder über Deinen Schatten zu springen und etwas Neues auszuprobieren, neugierig (da ist sie wieder, die Gier) und offen zu sein.' Und deshalb habe ich diesen Weg gewählt. Ich freue mich sehr, dass wir uns dabei begegnet sind. Wer weiß schon, auf welche Wege uns das Schicksal noch führen wird … Alles Liebe, und hoffentlich bis bald, Soey."

Sie hatte die Nachricht gerade abgeschickt, als sie sah, dass Sebastian bereits zu schreiben begann. Wenig später las sie:

„Liebe Soey, danke für Deine gehaltvollen Zeilen. Ich kann nur sagen: Same here! Ich habe auch meinen

Beruf zu meinem dominierenden Lebensinhalt gemacht. Und allein zu sein war besser als oberflächliche, leere Gesellschaft, die mich eher langweilt, was mir immer als Arroganz ausgelegt wird. Ich halte mich bestimmt nicht für was Besseres. Durch meine vielen Reisen war ich immer beschäftigt und in der Freizeit habe ich mich um meine Jungs gekümmert. Dank Corona habe ich mich dann wieder selbst entdeckt und beschlossen, mir eine Partnerin zu suchen, die mit mir (auf, in und mit mir :-)) das weitere Leben verbringen will. Die wahre Liebe, die totale Hingabe ist das hohe Ziel! Dazu ein Gedicht von Eugen Roth: ‚Ein Mensch beklagt das Widerstreben, des anderen ganz sich hinzugeben. Er sollt' zur Frage sich bequemen, war er bereit, ganz hinzunehmen?'"

Soey merkte, dass ihre Augen vom vielen Chatten brannten und müde waren. Und doch konnte sie nicht anders. Sie musste weiterschreiben, musste herausfinden, was für ein Mensch sich wirklich hinter diesen gehaltvollen Zeilen verbarg.

„Lieber Sebastian", schrieb sie schließlich, „danke für Deine schönen Zeilen (mit dem Gedicht von Eugen Roth), die mich bewegt haben. Da beginnen Träume und Gedanken doch ein wenig zu fliegen. Würde jetzt gern woanders sein, stattdessen sitze ich hier allein auf meiner Couch und lasse meiner Fantasie und den Träumen freien Lauf. Ein baldiges Treffen wäre sehr schön. Alles Liebe und bis ganz bald, Soey."

Wenige Minuten später ertönte erneut der Nachrichtenton:

„Hallo, habe mir gerade die Leseprobe von Deinem Thriller reingezogen ... ganz schön heftig. Als Profilerin sind die Profile bei ForeverLove dann ja ein Klacks für Dich. Wenn ich mir Deinen Psychologie-Hintergrund anschaue, wage ich fast nichts mehr zu schreiben, vielleicht deckst Du ja alle meine Kindheitstraumen auf! Vielleicht kann ich ja zu Deinem zweiten Band des Liebesromans noch etwas beitragen und Dein Arztprofil schärfen. Ich bin Chirurg und mache viele sehr blutige Operationen. Warum ich diesen Beruf ergriffen habe, können wir gern gemeinsam analysieren. So, jetzt lasse ich Dich in Ruhe, denn ich muss morgen früh meine Vorlesung für nächste Woche fertig haben. Meine StudentInnen haben letztes Mal gemeint, manche Bilder wären so alt wie ich, aber die haben keine Ahnung wie alt ich wirklich bin:) Alles Liebe, Sebastian."

Als Soey den Gong ihrer alten englischen Uhr im Wohnzimmer vernahm, bemerkte sie, dass es bereits drei Uhr morgens war. Zeit, ins Bett zu gehen. „Komm, Charly“, sagte sie zu ihrem Vierbeiner, der es sich zu ihren Füßen bequem gemacht hatte. „Wir gehen ins Bett.“ Charly stand auf, streckte sich und folgte ihr in das kleine Schlafzimmer. Soey öffnete das Fenster und ließ sich mit ihrem Handy aufs Bett sinken. Noch ein kurzer Blick. Wieder eine Nachricht von Sebastian:

„Ich hoffe, Du träumst was Schönes und dass die Träume auch in Erfüllung gehen und wir uns bald treffen:-) Schlaf gut, ein ereignisreicher Tag geht zu Ende.“

Was für ein Tag, was für eine Nacht …! Alles schien ein einziger Traum zu sein. War das alles wirklich passiert? Soey spürte intuitiv, dass Sebastian ein Mann war, in den sie sich verlieben konnte. Was für ein schöner Zustand das doch war. Wie sehr genoss sie dieses beglückende Gefühl. Erst jetzt merkte sie, wie müde sie wirklich war. Schnell schaltete sie das Licht ihrer Nachttischlampe aus, schlug die Bettdecke zurück, schlüpfte darunter und zog sie hoch bis unter ihr Kinn. Dann kuschelte sie sich wohlig ein, dachte an Sebastian und fiel in einen tiefen Schlaf.

In ihrem Traum stieß sie auf einen wilden Fluss inmitten unberührter Natur. Es war heiß. Die Luft war feucht. Vor ihr am Ufer lag ein kleines dunkelrotes Holzboot. Soey stieg ein und ließ sich treiben. Die Sonne wärmte ihre Haut. Sie genoss die Fahrt, die sie vorbeiführte an wunderschönen Mangroven, alten Bäumen und immergrünen Gewächsen. Sie sah Krebse, tropische Vögel, dreiäugige Fische, sah, wie kleine Dörfer mit einfachen Holzhütten, Wanderer, Kuhherden und Wildesel an ihr vorbeizogen.

Die Dämmerung hatte fast eingesetzt, als ihre Fahrt schneller wurde. Soey bemerkte, wie das Boot von der reißenden Strömung auf und ab geschleudert wurde. Nichts mehr konnte seinen Lauf beeinflussen, nichts vermochte es zu bremsen. Schneller und immer schneller trieb sie dahin. Das tosende Wasser schien mit dem Boot zu spielen – wie ein Welpe, der zum ersten Mal einen Ball bekam, warf es sie auf und ab, stupste sie höher und ließ sie wieder fallen, nur um sein Spiel stets von Neuem zu beginnen. Soey hatte Angst. Wohin würde es sie treiben? Plötzlich sah sie direkt vor sich einen riesigen Wasserfall. Sie sah, wie die tosenden Wassermassen über grüne Hänge in die Tiefe stürzten, sah, wie sich bunte Regenbogen an seinen Rändern bildeten, hörte das Tosen des herabstürzenden Wassers, spürte die feuchte, schwere Luft und sah den feinen Nebel der Gischt. Dann schwebte ihr Boot hinweg über die Klippe und stürzte hinab. Sie fiel. Immer tiefer stürzte sie hinab, bis alles schwarz wurde. Als sie zu sich kam, brauchte sie eine Weile, um sich zu orientieren und festzustellen, dass sie nicht tot war. Erst jetzt bemerkte sie, dass sie unter Wasser war. Soey glaubte zu ersticken. Panik machte sich breit. Sie öffnete die Augen und ruderte hektisch mit den Armen, um schnell nach oben zu kommen. Dann sah sie, wie etwas im trüben Wasser auf sie zukam. Als es nahe genug war, bemerkte sie, dass es Sebastian war. Er lächelte, breitete seine Arme aus, umfasste ihre Hände und zog sie nach oben. Prustend tauchten sie gemeinsam aus dem warmen Gewässer auf. Doch was war das? Dort drüben am Ufer, ganz nahe, stand ein Mann und winkte. Als Soey genau hinsah, stellte sie fest, dass es Christian war.

Als Soey am nächsten Morgen erwachte, strahlte die Sonne bereits durch das Fenster. Es war Zeit aufzustehen. Ihr Blick fiel auf das Handy, das auf ihrem Nachttisch lag. Unvermittelt fiel ihr der Traum von letzter Nacht ein. Was hatte er wohl zu bedeuten? Warum fiel sie, warum stürzte sie im freien Fall, warum ertrank sie fast und weshalb rettete Sebastian sie? Wovor rettete er sie? Soey wusste, dass der nahende Tod im Traum für einen Neubeginn stand. Vielleicht war er das Zeichen dafür, dass etwas Altes endgültig endete und etwas Neues begann?

Aber warum fand sie sich ausgerechnet im Wasser wieder? Vielleicht stand

das Wasser ja für ihre Emotionen, die wild, unberechenbar, tosend und kraftvoll waren, genau wie ihre Gefühle. Vielleicht wollte dieser Traum sie dazu bewegen, endlich mutig zu sein und ihren Gefühlen zu folgen. Vielleicht signalisierte er ihr, dass sie auf dem richtigen Weg war, dass sie unaufhaltsam auf jenen Menschen zutrieb, der für sie bestimmt war? Soey schaffte es nicht, das rettende Ufer aus eigener Kraft zu erreichen. Womöglich war es sogar gut so, denn nur so konnte Sebastian sie retten. Vielleicht gab es ja dieses Mal das Happy End, nach dem sie sich so lange schon vergeblich gesehnt hatte!
Doch was hatte Christian in diesem Traum gemacht? Welche Rolle spielte er? War er gekommen, um ihr zu sagen, dass er nicht aufgeben würde? Wollte er sie wissen lassen, dass er auf sie warten würde, ganz egal, wie lange es auch dauern mochte?

War er überzeugt, dass sie zu ihm zurückkehren würde? Glaubte er etwa, dass sie nur etwas Zeit brauchte, um zu erkennen, was sie an ihm verloren hatte?
Wieder blickte Soey auf das Display ihres Handys. Eine Nachricht von Sebastian!

„Guten Morgen, liebe Soey. Heute hat meine Arbeitswoche im Spital begonnen, am Nachmittag habe ich Uni-Budgetverhandlungen. Das sind meine Lieblingsgespräche mit dem Rektor. Wir sollten uns unbedingt einen Plan machen, wann und wie wir kommunizieren, da es sonst zwischen meinen Tätigkeiten schwierig wird ... und ich dauernd schaue, ob Du schon geschrieben hast:-)) Melde mich am Abend, vielleicht telefonieren wir um 20 Uhr einfach? Liebe Grüße und einen tollen Wochenstart. Sebastian."

„Ja, 20 Uhr ist prima. Freue mich", tippte Soey schnell, während Charly ihr seine feuchte, kühle Nase entgegenstreckte und ihre Finger mit seiner langen rauen Zunge abschleckte.

„Ich komme ja schon", sagte sie leise, schwang sich aus dem Bett und strich sanft über sein weiches Fell. Schnell zog sie sich an, füllte Charly Futter in den Napf und hörte, wie er alles in atemberaubender Geschwindigkeit aufaß. Dann schlüpfte sie in ihren Daunenmantel und lief beschwingt mit Charly die Treppe hinab. Als sie die Haustür öffnete, lief sie in einen riesigen Strauß roter Rosen, und es war Christian, der ihn ihr entgegenhielt. „Was machst du hier? Hast du etwa die ganze Zeit auf mich gewartet?", fragte sie. „Ich will deine Rosen nicht!", setzte sie trotzig nach und wollte sich rasch an ihm vorbeischieben.

Doch so leicht gab Christian nicht auf. „Bitte, Soey, lass uns miteinander reden. Egal, wie lange es dauert: Ich werde auf dich warten."
Soey zögerte einen Augenblick. „Ich weiß deine liebevollen Gesten wirklich zu schätzen, Christian. Ich habe auch deine Entschuldigung akzeptiert. Aber ich kann dir nicht vergeben. Nicht jetzt. Noch nicht. Weil ich es nicht tief in meinem Herzen spüre. Vielleicht werde ich es irgendwann können."
Christian betrachtete sie traurig. Ihre Worte schmerzten. Sie trafen ihn tief im Herzen. Wie sehr wollte er alles ungeschehen machen? Was hätte er dafür gegeben, noch einmal die Zeit zurückdrehen zu können?
„Ich werde dich immer lieben, das weißt du. Aber ich kann nicht mehr mit dir leben. Bitte akzeptiere meine Entscheidung und mach es uns beiden nicht so schwer", sagte Soey leise und schluckte. Auch ihr fiel der Abschied

schwer. Sie zwang sich, stark zu bleiben und widerstand dem Impuls, ihn in ihre Arme zu schließen.
Christian ließ den Strauß sinken. Er sah müde aus. Soey sah, dass er geweint hatte. Seine Augen waren noch immer gerötet. Er tat ihr leid, doch ein Zurück gab es für sie nicht. Soey wusste, dass man diesen Riss nicht mehr kitten konnte. In jeder Beziehung gab es diesen Point of No Return, jenen Punkt, an dem keine Rückkehr mehr möglich war. Und sie wusste, dass sie beide diesen Punkt erreicht hatten.
„Machs gut, Christian", flüsterte sie mit belegter Stimme und lief an ihm vorbei durchs Gartentor hinaus.
Lange blickte Christian Soey und Charly nach. Es schmerzte ihn, dass er zu spät erkannt hatte, was Soey ihm wirklich bedeutete. Warum brauchte es erst einen so schmerzvollen Verlust, damit er das verstand? Warum gab das Schicksal ihnen nicht noch eine zweite Chance?

Als sie von ihrem kleinen Spaziergang zurückkehrte, war Christian fort. Nur die Rosen erinnerten an ihre Begegnung. Noch immer lagen sie vor der Tür. Soey hob sie auf, lief nach oben und öffnete die Tür. Dann ging sie in die Küche, ließ Wasser in eine schlichte Glasvase laufen und stellte sie auf den großen hölzernen Esstisch. Sie setzte sich und atmete einmal tief durch.

„Lass los, Soey“, sprach sie wieder und wieder in Gedanken zu sich selbst und es klang wie ein Mantra, das trösten, beflügeln und Kraft geben sollte. Schließlich klappte sie ihr Notebook auf, öffnete die Manuskriptdatei ihres Buches und begann, an ihrer Geschichte weiterzuarbeiten. Alles schien zu fließen. Völlig in ihre Arbeit versunken schrieb sie Seite um Seite. Dann hatte sie es geschafft. Sie war fertig. Unglaublich! Noch vor wenigen Tagen wäre ihr das unvorstellbar

gewesen – und nun hatte sie die fehlenden Puzzlesteine mühelos zusammengesetzt.

Erst jetzt bemerkte sie, dass es bereits kurz vor sieben Uhr war. Die Zeit war geradezu verflogen. Aufregung kam in Soey auf: Heute würden sie das erste Mal miteinander telefonieren. Eine Premiere! Wie würde es wohl sein, seine Stimme zu hören? Würde sie fremd oder vertraut sein? *Vielleicht,* dachte Soey, *wäre es gut, wenn ich mir eines seiner Vorlesungsvideos anschaue. Dann höre ich schon einmal seine Stimme und alles wird nicht mehr so unbekannt und neu sein.* Gesagt, getan. Soey klickte auf eines der Videos, die im Netz verfügbar waren. Sie sah, wie Sebastians türkisblaue Augen leuchteten, sah, wie lebendig, ja fast jugendlich-verwegen er wirkte, als er – in Anzug und Krawatte – seinen Studenten anatomische Grundkenntnisse vermittelte. Seine Stimme klang weich und hatte eine ganz eigene Melodie … eine Klangfarbe, die sie sofort mochte.

Ihre alte englische Standuhr schlug acht. Der letzte Schlag war noch nicht verhallt, als ihr Telefon klingelte. Soey atmete tief durch, bevor sie die grüne Taste drückte und sich meldete. „Hallo, Soey“, hörte sie Sebastians weiche Stimme mit dem unverwechselbaren Wiener Akzent. „Hallo, Sebastian. Wie war dein Tag in der Klinik?“, begann sie das Gespräch, um das Eis zu brechen. Erst jetzt bemerkte sie, dass ihre Hände zitterten, ja, dass ihr ganzer Körper bebte. Das letzte Mal, dass sie eine solche Aufregung verspürt hatte, war lange her. Doch nach wenigen Minuten war plötzlich alles ganz leicht. Das Gespräch floss dahin. Sie hatten sich viel zu erzählen und die Zeit verflog.

„Ich glaube", sagte Soey, als sie nach einer Weile auf ihre gescheiterten Beziehungen zu sprechen kamen, „dass ich einen großen Teil dazu beigetragen habe, dass meine Ehe zerbrochen ist." Wieder dachte sie an ihre Begegnung mit Christian. Erneut sah sie sein trauriges Gesicht, seine rotgeweinten Augen, wieder spürte sie, wie schmerzvoll dieser Abschied war. Erst jetzt wurde ihr langsam bewusst, wie viele Fehler sie selbst gemacht hatte ... „Eine Beziehung zerbricht ja nicht, nur weil ein Partner sich falsch verhalten oder sich verändert hat. Vielleicht habe ich zu viel erwartet und selbst zu wenig gegeben? Vielleicht habe ich mich nicht genug geöffnet, habe mich nicht ganz und gar in diese Beziehung gegeben – bedingungslos, ohne etwas zu erwarten? Damals, als ich Christian kennenlernte und ihn heiratete, glaubte ich fest daran, die große Liebe gefunden zu haben! Unsere Gefühle füreinander waren so stark. Und doch hat es am Ende nicht gereicht. Warum? Christian hat mich betrogen, ja. Aber das war nicht die Ursache, sondern die Folge davon, dass etwas in unserer Beziehung aus dem Gleichgewicht geraten war. Vielleicht habe ich mich durch den Verlust unseres Babys zu sehr verändert, habe mich zu sehr zurückgezogen, war zu sehr mit mir selbst beschäftigt, als dass ich hätte sehen können oder wollen, wie sehr Christian darunter gelitten hat."

„Es ist schwer, Dinge im Nachhinein wirklich objektiv zu analysieren", sagte Sebastian sanft. „Ich habe das nach meinen drei gescheiterten Ehen auch getan. Mit mäßigem Erfolg. Manchmal habe ich – genau wie du – geglaubt, dass es an mir gelegen habe. Aber irgendwann bin ich zu der Überzeugung gelangt, dass es wohl ein höherer Plan war, der meine Beziehungen scheitern ließ. Vielleicht um etwas Größeres möglich zu machen. Das ist die optimistische Seite. Die pessimistische ist, dass ich mich manchmal sogar schon damit abgefunden hatte, nie mehr eine Beziehung zu haben, allein zu bleiben. Und offen gesagt: Manchmal ängstigte mich diese Vorstellung gar nicht so sehr. Trotzdem wollte ich meinen Weg durch dieses Leben nicht alleine fortsetzen. Denn wie sagte Goethe einst so schön: ‚Wer nicht mehr liebt und nicht mehr irrt, der lasse sich begraben.' Was wären wir ohne unsere Fähigkeit, zu glauben und zu lieben, aber auch ohne unsere Fähigkeit, uns zu irren? Dann wäre unser Leben ziemlich trist. Ich bin froh, dass ich den Mut gehabt habe, diesen Weg zu gehen. Denn sonst hätte ich dich nie kennenlernt, liebe Soey."

„Das gilt wohl für uns beide", sagte Soey sanft. „In unserem Alter gibt es keine Liebe ohne Gepäck. Wir bringen Verletzungen und traumatische, leidvolle Erfahrungen mit, aber auch schöne, unvergessliche Momente, die wir für immer in unserem Herzen tragen. Die Kunst ist – glaube ich –, alles anzunehmen, wie es ist ... Ohne zu urteilen, zu verurteilen oder zu werten alles annehmen, weil man weiß, dass es zu einem gehört und weil es der vorbestimmte Weg ist." Soey schwieg für einen Moment und sammelte ihre Gedanken, bevor sie fortfuhr: „Rückblickend findet man immer viele Gründe, warum Dinge so und nicht anders gelaufen sind. Und man neigt auch dazu, sich seine Wahrheit, seine Geschichte über das, was war, so zurechtzubiegen, dass es sich für einen selbst stimmig anfühlt. Dabei ist es doch nicht viel mehr als nur eine subjektive Wahrheit – die Wahrheit aus einer einzigen Perspektive betrachtet. Ich denke, dass es wichtig ist, die Vergangenheit zu verstehen, auch um die Verletzungen des anderen zu kennen und besser damit umgehen zu können. Aber man darf nicht den Fehler machen, zu sehr in der Vergangenheit zu leben, denn sonst bleibt kein Raum für die Zukunft und nichts für das Jetzt und Hier. Denn wir leben nicht in der Vergangenheit und auch nicht in der Zukunft, sondern nur jetzt. In diesem Moment."

„Das stimmt, Soey. Aber obwohl wir das wissen, ist es so schwer, nicht melancholisch und wehmütig ins Vergangene zu gleiten. Die Vergangenheit ist wie ein See: An der Oberfläche glasklar und rein, aber je tiefer wir eintauchen, desto trüber wird er."

„Ja", sagte Soey. „Wir alle haben wohl unsere Geheimnisse, die wir lieber im Trüben belassen!"

„Ich glaube, dass du noch viele Geheimnisse hast“, sagte Sebastian. „Und ich freue mich schon darauf, einige zu entdecken. Wir sollten uns Gedanken zu einem möglichen Treffen machen. Ich möchte dich unbedingt kennenlernen.“

„Wie wäre es mit Venedig?“, fragte Soey spontan.

Sebastian schwieg. „Weißt du, dass ich auch schon daran gedacht habe? Lass uns ein schönes Hotel aussuchen und die Reise planen. Ich denke, ich kann mir vier Tage freinehmen.“

„Ein schöner Gedanke, Sebastian! Damit möchte ich gern einschlafen und davon träumen, wie es sein wird, wenn wir uns dort das erste Mal begegnen.“

„Gute Nacht, Soey. Träum schön“, drang sein mit weicher Stimme gesprochener Abschiedsgruß an ihr Ohr.

Als Soey am nächsten Morgen aufwachte, fand sie eine Nachricht von ihm auf ihrem Handy:

„Guten Morgen, Soey, hier läuft alles gut, die erste OP ist schon vorbei. Ansonsten war es mit einer Stunde und vierundvierzig Minuten ein kurzweiliges, sehr nettes und auch tiefgehendes Telefonat gestern. Ich habe es sehr genossen, mit Dir zu plaudern. Hab einen schönen Tag, Dein Sebastian. PS: Flüge nach Venedig gibts, ebenso Hotels in jeder Preislage. Wir werden sehen, wie sich die Corona-Restriktionen ausweiten, also mit dem Buchen werden wir noch warten müssen, oder was meinst Du?“

„Lieber Kapitän, eine Stunde und vierundvierzig Minuten? Wirklich? Die Zeit ist so schnell verflogen ... Auch ich habe unser Gespräch sehr genossen. Schön finde ich auch, dass

Du Humor hast und ich mit Dir so herrlich lachen kann. Das ist wunderbar und hat mir sehr gefehlt in den letzten Monaten … Gerade habe ich nach einem Hotel geschaut. Wie findest Du das Hotel Danieli? Vielleicht sollten wir doch noch etwas warten. Man muss in dieser Zeit wirklich sehr kreativ und beweglich sein … Schön, dass Deine erste OP so gut gelaufen ist. Ganz liebe Grüße, Dein Wirbelwind. PS: Es ist wundervoll, dieses Kribbeln im Bauch zu spüren, wenn wir uns schreiben oder telefonieren. Ich hätte nicht für möglich gehalten, dass sich so etwas entwickeln kann, obwohl wir uns noch nicht persönlich begegnet sind. Das wird sicher eine aufregende, spannende Zeit in Venedig …“

„Liebe Soey, Kribbeln ist gut, das habe ich auch. Ich bin schon durch das nächste Zoom-Meeting durch.

Danieli ist perfekt, hoffentlich wirds was und Corona ist gnädig :-) Bin heute bis abends mit Sitzungen und in der Klinik beschäftigt, aber zwischendurch träume ich von Venedig und bin sicher, dass dieser Traum wahr wird. Und hier noch ein kleines Gedicht für Dich:

In meinen Träumen,
bin ich ein Riese und
ein Zwerg,
ein weites Tal und
ein hoher Berg,
ein dunkler See und
ein weites Meer ...
in meinen Träumen ...
da lieb ich Dich sehr.“

„Lieber Kapitän, danke für die wunderschönen Zeilen. Du bist wie ein Wirbelsturm in mein Leben gekommen und hast es auf wundervolle Weise ziemlich durcheinandergewirbelt. Ich stelle mir oft vor, wie es wohl sein wird, wenn wir uns das erste Mal sehen und Hand in Hand durch Venedig schlendern."

„Guten Morgen, liebe Soey", schrieb Sebastian am nächsten Morgen, „ich hoffe, Du hattest keine zu stürmische Nacht und hast süß geträumt. Hier hat der Regen ein bisschen Pause gemacht, sodass ich gegen Mittag ein wenig an die frische Luft gehe. Durch Venedig zu spazieren wird sicher schön: Zuerst Canal Grande, dann Rialtobrücke, Dogenpalast, ein Kaffee im Florian, einen Bellini in Harry's Bar und dann ins Danieli ...

„Lieber Kapitän, was für ein schönes Kopfkino. Morgen fahre ich für zwei Tage an die Ostsee. Noch einmal Freiheit spüren, mir den Wind um die Nase wehen lassen, die Schreie der Möwen hören, bevor Deutschland wieder in den Lockdown geht. Und: Du darfst gespannt sein, denn ich habe eine kleine Überraschung für Dich. Sie ist vielleicht ein wenig kitschig, aber ich bin sicher, sie wird Dir gefallen."

Usedom, Heringsdorf. Ausgelassen rannte Soey mit Charly die wenigen Holzstufen hinunter zum Meer. Es war geschafft. Sie waren tatsächlich da! Und vermutlich würde sie hier in Heringsdorf ihre letzten unbeschwerten Tage vor dem längeren Lockdown verbringen. „Lockdown" – wie das klang. Noch vor wenigen Monaten hatte kaum jemand das Wort gekannt, geschweige denn in den Mund genommen. Und jetzt? Jetzt sprachen alle darüber, spekulierten, wann, wohin und ob sie reisen durften, wann die Geschäfte wieder öffneten oder wann die Regierung die nächsten Ausgangssperren verhängen würde. *Was für ein verrücktes Jahr!*, dachte Soey.

Ein wenig Endzeitstimmung mischte sich in ihre Freude über den vertrauten Anblick des Meeres. Wehmütig beobachtete sie die vielen Menschen, die an diesem späten Herbstnachmittag zu einem Spaziergang aufgebrochen waren. Sie sah, wie einige Kinder ihre bunten Drachen stiegen ließen, beobachtete, wie deren riesige Einhörner, schwebende Quallen und knallbunte Schmetterlinge ihre Bahnen am blauen Himmel zogen und dabei schnelle Kurven oder gar Loopings vollführten.

Plötzlich sah sie, wie sich einer der schlichten dreieckigen Lenkdrachen von der Hand eines Jungen losriss und jäh ins Wasser stürzte.
„Papa, Papa", hörte sie die aufgeregten Rufe des Jungen, „er ist abgestürzt. Kannst du ihn zurückholen?"
Doch Papa schüttelte den Kopf. Wie sollte er einen Drachen aus dem eiskalten Meer fischen können, noch dazu

so weit draußen? Soey sah, wie er zu seinem Sohn ging, ihn in seine Arme nahm und seine Tränen trocknete. Langsam näherte sie sich den beiden. Als sie sah, wie der Junge sich aus den Armen seines Vaters löste und sie mit seinen großen, feuchten Augen ansah, kam ihr eine Idee. „Hallo, kleiner Mann“, sagte sie. „Wie heißt du denn?“
„Ich bin Mario“, sagte der Junge und sah sie erwartungsvoll an. Und natürlich hatte er längst den roten Ballon an ihrem Arm bemerkt, den Soey als kleine Überraschung vor ihrer Abreise für Sebastian gekauft und mit Helium gefüllt hatte.

„Was hast du da?“, fragte er interessiert.

„Ach, das?“, sagte Soey und lächelte vielsprechend. „Das ist ein Versprechen, das ich einlösen möchte. Magst du mir vielleicht dabei helfen?“

„Ja“, rief der Kleine und sprang sofort an ihre Seite. „Pass auf, dann gebe ich dir den Ballon und sobald ich *jetzt* sage, lässt du ihn steigen.“
„Au ja,“ rief der Junge begeistert. „Papa, Papa, schau doch mal.“
Der junge Mann lächelte. Er war froh, dass sein Sohn so schnell über den Verlust seines Drachen hinweggekommen war. Als Soey mit dem Jungen schließlich vorn am Wasser stand, holte sie ihr Handy aus ihrer Manteltasche und gab ihm das vereinbarte Startsignal. Freudig ließ Mario den Ballon fliegen. Beide beobachteten, wie er Stück für Stück höher stieg, wie der Wind ihn weiter trieb, höher und immer höher, bis er irgendwann ihren Blicken entschwand. „Wo ist der Ballon jetzt?“, fragte Mario schließlich traurig.

„Weißt du, Mario“, antwortete Soey, „der Ballon ist zwar für uns nicht mehr sichtbar, aber ist noch da, ganz oben über den Wolken. Er wird dort seinen

Weg fortsetzen und an den Ort gelangen, der für ihn bestimmt ist. So ist es auch mit deinem Drachen. Auch wenn du ihn nicht mehr siehst, ist er noch da. Ganz unten, auf dem tiefen Grund des Meeres, werden viele neugierige Augen auf ihn schauen und verwundert das eigenartige Gebilde bestaunen. Oder glaubst du, dass Fische wissen, wie ein Drache aussieht?"

Mario kicherte bei dem Gedanken daran.

„Das haben Sie ganz wunderbar gemacht", sagte der Vater anerkennend. „Danke für diesen unvergesslichen Moment, den Sie uns geschenkt haben. Noch vor wenigen Monaten wäre es vermutlich undenkbar gewesen, dass man sich so sehr darüber freut. Aber jetzt, da so viel Stille und Ruhe in unser Leben eingezogen ist und andere Dinge zählen, bin ich sehr dankbar, Sie getroffen zu haben."

Soey lächelte. „Ja, das Virus hat viel Leid über die Menschheit gebracht, aber es hat uns auch die Hoffnung geschenkt, dass die Welt danach eine sein wird, in der es wieder um Liebe und Nächstenliebe geht und in der die kleinen Dinge mehr zählen als all das Haben- und Besitzenwollen und all das, was wir uns für die Zukunft erhofft haben. Leben findet im Hier und Jetzt statt. Jeder Augenblick ist wertvoll. Passen Sie gut auf sich und auf Mario auf", sagte Soey und rief Charly zu sich, der noch immer ausgelassen im Wasser herumtobte.

Erst als sie wenig später mit dem Lift nach oben in den vierten Stock fuhr und die Karte in den kleinen Schlitz an ihrem Zimmer steckte, merkte sie, wie sehr sie fröstelte. Sie hatte die Kälte draußen nicht gespürt. Für einen Moment war sie verschwunden gewesen, doch jetzt war sie mit Macht zurück.

Wieder dachte Soey an Sebastian. Wie mochte es ihm wohl gehen? Und wie würde es wohl sein, wenn sie sich in wenigen Tagen in Linz zum ersten Mal gegenüberstanden? Sie zog ihr Handy aus ihrer Manteltasche. Sie musste ihm unbedingt dieses wunderbare Video schicken: Ein Ballon als Bote der Hoffnung, als Bote ihrer Liebe, Träume und Wünsche …

Die Antwort von Sebastian kam am nächsten Morgen:

„Guten Morgen, liebe Soey. Danke für diesen schönen Gruß mit dem Ballon. Was für eine wundervolle Idee! Endlich habe ich auch Dein Buch gelesen. Ich bin sehr stolz auf Dich (obwohl ich nichts dazu beigetragen habe), dass Du eine so tolle, selbstbewusste Autorin bist und ich Dich kennenlernen darf. Ich finde den Gedanken, in Deinen Büchern vorzukommen, gar nicht schlecht. Irgendwie bedeutet es, in Deinem Leben wichtig zu sein. Ich wäre gern ein Kapitel in Deinem Leben. Und zwar ein sehr langes – bis zum Schluss …“

„Was für ein wundervoller Gedanke, lieber Kapitän! So, so, ein langes Kapitel in meinem Leben möchtest Du sein? Bis zum Schluss?“ Beschwingt schrieb Soey ein kleines Gedicht, das ihr gerade in den Sinn gekommen war:

„Tritt ein,
in mein Herz hinein,
halt mich fest und zart umfangen,
mit leidenschaftlichem Verlangen,
lass mich schweben vor Glück,
zieh dich nie aus mir zurück,
mach mich mit deiner Liebe groß,
und lass mich nie wieder los!“

„Hallo, Wirbelwind, das ist ja heute fast ein morgendlicher Liebesorkan! Ich wünsche Dir einen erfüllenden Tag an der Ostsee, den ich gern mit Dir in Gedanken verbringe. Spirituell, statt virtuell. Kuss. Sebastian."

Nur mit Mühe gelang es Soey, ihre Gedanken und Gefühle zu ordnen. Als sie nach dem Frühstück zu einem letzten Strandspaziergang mit Charly aufbrach, hatte die Sonne sich gerade durch die dichte Wolkendecke gekämpft. Gierig atmete Soey die frische Seeluft ein – gerade so, als wollte sie sie für immer in ihrer Lunge konservieren. Als sie mit Charly wehmütig am Strand entlanglief, fiel ihr Blick auf eine winzige, von Meerwasser umspülte Landzunge. Sie sah genauer hin und bemerkte, dass eine weiße Taube sich genau an jener Stelle niedergelassen hatte, an der Mario gestern den Ballon steigen ließ. Was mochte das bedeuten? Soey wusste, wie selten weiße Tauben waren. Unvermittelt fiel ihr die biblische Geschichte über die Sintflut ein. Noah hatte ein großes Schiff, die Arche, gebaut. Als er herausfinden wollte, ob das Wasser wieder sank, schickte er eine seiner Tauben auf einen Erkundungsflug. Beim zweiten Flug kehrte sie mit einem Ölzweig im Schnabel zurück und Noah wusste, dass sie Land gefunden hatte. Und so stand diese Taube vielleicht für die Hoffnung darauf, dass die Sintflut, die das Corona-Virus – symbolisch betrachtet – über die Menschheit gebracht hatte, bald beendet war. *Und vielleicht,* dachte Soey, während sie mit Charly zurück zum Hotel lief, *ist sie auch schlicht ein Symbol wahrer, reiner Liebe.*

Es war acht Uhr morgens, als Soey das Hotel in Heringsdorf verließ. Die sonst so belebte Strandpromenade war zu dieser Stunde noch menschenleer. Sie ging mit Charly hinunter zum Meer. Ein letztes Mal sog sie die frische, salzige Luft ein, ließ ihren Blick über die Weite des Meeres schweifen, lauschte dem Rauschen der Wellen und den wilden Lauten der Möwen, die über ihr kreisten. *Der Abschied fällt schwer,* dachte sie wehmütig. Vielleicht auch deshalb, weil sie nicht wusste, wann sie wieder etwas von der Freiheit verspüren würde, die sie in diesem Moment ganz und gar durchströmte.

„Komm, Charly!“ rief sie schließlich ihrem geliebten Vierbeiner zu. „Es ist Zeit, aufzubrechen.“ Schnellen Schrittes lief sie die Holztreppen hinauf zum Hotel, als ihr eine Frau mit einem kleinen blonden Mädchen entgegenkam. „Hey“, sagte die junge Mutter gerade zu ihrer etwa sechsjährigen Tochter, die ziemlich unglücklich wirkte und gerade ein paar Tränchen verdrückte. „Was zählt in Zeiten wie diesen?“

Die Kleine sah sie einen Moment lang verdutzt an und antwortete dann strahlend: „Dass wir zusammen sind, Mama. Das zählt. Und dass wir eine Familie sind!“ *Sie hat recht,* dachte Soey. Sie erlebten gerade die Rückkehr zu den Wurzeln, zu dem, was wirklich im Leben zählte. Es war jene Rückkehr, ja sogar eine Umkehr, die durch Corona erst möglich gemacht wurde.

Als Soey zurück im Hotel war, checkte sie aus, holte ihren Koffer an der Rezeption und ging zu ihrem Wagen, den sie vor dem Hotel geparkt hatte. Sie wuchtete den Koffer mit Mühe und Not auf den Rücksitz, öffnete die Heckklappe und ließ Charly hineinspringen, damit er es sich auf seiner Kuscheldecke gemütlich machen konnte. Dann startete sie den Motor und verließ den Kurort in Richtung Hauptstraße. Als sie das Radio anschaltete, hörte sie, dass die wichtigste Brücke gesperrt war. *Verdammt!,* dachte sie. *Das bedeutet einen Umweg von mindestens einer Stunde!* Als sie endlich die Umleitung passiert hatte, geriet sie zu allem Überfluss auch noch ohne jede Vorwarnung oder Beschilderung an eine Baustelle, die sich als Sackgasse entpuppte. *Also zurück,* dachte sie und wendete. Vermutlich hätte sie sich früher furchtbar aufgeregt, geflucht und lautstark geschimpft. Aber heute blieb sie ruhig. Warum sollte sie sich über Dinge aufregen, die sie nicht ändern konnte? Es war viel klüger, ihre Energie in Dinge zu investieren, die sie ändern und gestalten konnte. Als Soey sechs Stunden später in ihrem Berliner Appartement ankam, spürte sie, wie sehr diese lange Fahrt sie angestrengt und ermüdet hatte. Gerade wollte sie sich zur Entspannung eine Tasse Yogitee aufbrühen, als ihr Telefon klingelte.

„Mensch, Soey!", hörte sie die aufgeregte Stimme ihres Verlegers Fritz. „Ich hab gerade mit Paul Johl vom ZDF gesprochen. Er will ein Interview für seine neue Büchersendung mit dir machen."

„Wow", rief Soey begeistert. „Das freut mich sehr."

„Kannst du morgen gleich ins Studio fahren?"

„Ja", antwortete sie, ohne zu zögern. „Kein Problem."

„Ich bin so aufgeregt", hörte sie Fritz sagen. „Soey, ist dir klar, was das für dich, was es für uns bedeutet? Es könnte dein Durchbruch als Schriftstellerin sein!" Soey hörte seine Worte und doch wollte sich keine übergroße Freude bei ihr einstellen. Wie gern hätte sie jetzt Sebastians Stimme gehört. Was er wohl gerade machte? War er in der Klinik? Soey hatte ihre Gedanken noch nicht vollendet, als ihr Handy klingelte.

„Hallo, Soey", hörte sie Sebastians liebevolle Stimme, und ihr Herz machte einen Satz. Wie kam es, dass er immer genau dann anrief, wenn sie an ihn dachte? Vielleicht waren ihre Seelen ja tatsächlich auf unerklärliche Weise miteinander verwoben? Vielleicht war es die große Liebe, von der sie immer geträumt hatte, die sie verband? Soey fühlte sich so stark mit Sebastian verbunden, dass es sie manchmal schmerzte, weil sie spürte, dass er bereits ein Teil von ihr geworden war und tief in ihrer Seele verankert war. Ja, vielleicht war Sebastian die Antwort, nach der sie so lange gesucht hatte. Vielleicht war er jener Teil, der ihr immer zur Ganzheit, ja, zur Vollkommenheit gefehlt hatte?

„Ich habe gerade eine kleine Lücke in meinem OP-Plan und wollte hören, wie es dir geht. Es sind nur noch zwei Tage, bis wir uns sehen. Kannst du das glauben?“

„Nein“, erwiderte Soey und ihr Herz stolperte, ja es schien, als würde es für einen Moment aufhören zu schlagen.

„Endlich kann ich dich in meine Arme schließen. Die Sehnsucht danach, dich zu berühren, dich zu spüren, wird jeden Tag größer“, sagte Soey.

„Das geht mir ganz genauso“, flüsterte Sebastian zärtlich. „Ich freue mich so unendlich auf dich!“ Im Hintergrund erklang die Durchsage: „Professor Blum bitte dringend in den OP!“

„Ich muss auflegen, mein kleiner Wirbelwind. Bis bald.“

„Bis bald, Kapitän“, hauchte Soey ins Telefon.

Am nächsten Morgen fuhr sie mit ihrem Wagen in die Tiefgarage des Studios Unter den Linden. Sie schaltete den Motor aus, nahm ihre FFP2-Maske aus der Ablage in der Mittelkonsole, öffnete die Wagentür und stieg aus. Noch einmal tief durchatmen. Erst jetzt wurde ihr klar, was dieses Interview für sie bedeuten konnte. Die Aufregung wuchs. Als sie wenig später am Empfang klingelte, drückte ein netter älterer Herr den Summer.

„Ich möchte zu Herrn Paul Johl."

„Er erwartet Sie bereits", sagte der Pförtner lächelnd. „Nehmen Sie den Aufzug und fahren Sie in den ersten Stock."

Soey bedankte sich und verschwand kurz darauf in dem doch schon etwas betagten Aufzug, der sie nach oben brachte.
„Hallo, Frau Schneider“, hörte sie die ihr aus dem Fernsehen vertraute Stimme des Moderators. „Ich freue mich sehr, dass Sie da sind. Ich würde Ihnen gern die Hand geben, aber Sie wissen ja, dass im Moment alles anders ist. Wir haben im Studio eine Plexiglasscheibe eingezogen. Sie wird zwischen uns stehen. Alles wird also etwas gewöhnungsbedürftig sein, aber wir machen das Beste daraus. Kommen Sie erst einmal an. Normalerweise würden Sie jetzt in die Maske gehen und Brigitte würde Ihnen einen Kaffee bringen und Sie noch schöner machen.“ Er lächelte sie freundlich an und fuhr fort: „Was bei Ihnen kaum möglich sein dürfte.“ Er zuckte entschuldigend mit den Schultern: „Aber auch das geht im Moment nicht. Ich

darf Sie also bitten, sich noch etwas abzupudern und hole sie in zwanzig Minuten wieder hier ab? Ist das in Ordnung?“

„Ja“, sagte Soey und lächelte.

Als sie den kleinen Raum mit dem großen Spiegel betrat, war sie froh, noch etwas Ruhe zu haben, bevor es losging.

Sie ließ sich in den schwarzen Lederstuhl sinken. Während sie sich im Spiegel betrachtete, kramte sie ihr Make-up aus ihrer Handtasche. Sie erkannte, dass sie ein wenig müde wirkte, aber das würde sie schon wieder hinbekommen. Der hellbeige Applikator, den sie unter ihre Augen auftrug, ließ sie frischer wirken.

Soey spürte, wie Zweifel in ihr wuchsen. Konnte sie das überhaupt? Wollte sie das? Wollte sie sich einem Millionenpublikum stellen? War sie bereit für eine so große Öffentlichkeit? Was, wenn etwas schieflief, wenn sie vor

Aufregung stotterte, wenn sie vergaß, was sie sagen wollte oder gar einen Blackout hatte? Wie damals bei der Abschlussprüfung? Nein, Soey wollte die dunklen Gedanken nicht die Oberhand gewinnen lassen. Nichts in ihrem Leben war bislang nach Plan gelaufen. Warum also sollte das hier anders sein? *Und hat Corona nicht gezeigt, wie zerbrechlich und wie unnütz Pläne sind?,* dachte Soey, während sie das Make-up mit dem Pinsel auf ihre Wangen strich. Sie lächelte. Nichts im Leben war von Dauer. Während sie spürte, wie die Aufregung ihr die Kehle zuschnürte und ihre Stimme heiser werden ließ, kam ihr plötzlich das Bild einer Seifenblase in den Kopf. Sie erinnerte sich, wie sie im Herbst über den Petersplatz geschlendert war und den kleinen Jungen gesehen hatte, der immer wieder kleinere und größere Seifenblasen in die Luft blies. Wie viel Freude er dabei hatte! Sein fröhliches, ansteckendes, kicherndes Lachen war ihr noch gut in Erinnerung, ebenso wie die Seifenblasen, deren zerbrechliche Schönheit sie damals so in ihren Bann gezogen hatte. Obwohl sie wusste, wie vergänglich sie waren, hatte sie jenen hauchdünnen, fragilen Wasserfilm bewundert, der sich wie ein violettes Kleid um sein leeres Inneres gelegt hatte und die Blasen im Sonnenlicht schimmern und leuchten ließ.

Vielleicht würde es ihr gelingen, etwas von jener Leichtigkeit in dieses Interview zu legen. Wieder lächelte sie. Ja, genau das würde sie tun!

Dann klopfte es.

Paul Johl war zurück.

„Sie sehen fantastisch aus!“, schmeichelte er ihr, als sie die Tür öffnete. Soey wirkte einen Moment lang verlegen. Sie mochte diese übertriebenen Komplimente nicht. Überhaupt mochte sie Menschen nicht, die etwas taten, nur um etwas Bestimmtes zu erreichen. Sie mochte es, Persönlichkeiten zu begegnen, die authentisch waren und etwas taten, das tief aus ihrem Innersten kam. Aber das war Johl sicher fremd. Er war Profi durch und durch und überließ nichts dem Zufall.

Er betrachtete sie von der Seite. „Sie brauchen keine Angst zu haben. Es ist eine Aufzeichnung. Sollte irgendetwas schiefgehen, fangen wir einfach noch mal von vorn an."

Soey nickte.

Als sie dann in dem kleinen Studio saß, die Scheinwerfer auf sie gerichtet waren und der Tontechniker ihr das kleine schwarze Mikro brachte, das sie auf der Rückseite ihres Kleides befestigen sollte, schien plötzlich alle Aufregung von ihr abzufallen. Sie dachte an Sebastian und fühlte sich so leicht, als würde sie einen Moment lang durch dieses Studio schweben.

Dann hörte sie die Stimme des Moderators und war zurück.
„Ich freue mich sehr, dass ich Ihnen heute die Schriftstellerin Soey Schneider und ihren Roman ‚Keine Sternschnuppen für Sara?' vorstellen kann", sprach Johl in die Kamera. „Frau Schneider, Hauptfigur Ihres Romans ist Sara. Wie viel Soey steckt in Sara?", begann er sein Interview[1] und sah sie herausfordernd an.
Soey zögerte einen Moment, dann antwortete sie schnell: „Natürlich steckt in jeder Figur einer Autorin auch immer etwas von ihr selbst. Manchmal ist es nur eine Facette der Persönlichkeit, eine Nuance, aber manchmal auch viel mehr. Sara ist eine ausgesprochen sensible und gleichermaßen starke junge Frau, die sich nicht scheut, Schwächen zu zeigen. Sie ist ein starker Charakter und vereint die Polaritäten des Lebens

1 Der Text des Interviews lehnt sich an ein Interview an, das die Autorin am 29.10.2020 mit Christoph Huppert geführt hat.

in ihrem Wesen. Sie weiß, dass ein Pol den anderen bedingt und dass nur im Zusammenspiel beider Pole echte Lebendigkeit und Glück entstehen kann."
„Sie wollen den Leser dazu bewegen, dem Leben Tiefe zu verleihen. Ist das Genre des Liebesromans dafür prädestiniert?", hakte Johl nach.

Soey lächelte. „Jedes Genre", antwortete sie ohne zu zögern, „kann uns etwas lehren. Saras Geschichte zeigt, dass es im Leben vor allem um drei Dinge geht: ums Annehmen, ums Loslassen und ums Aussöhnen – vor allem mit sich selbst, den eigenen Fehlern, Schwächen, Schuldgefühlen, Versäumnissen oder Verletzungen, die wir anderen unbeabsichtigt zugefügt haben – und sie zeigt auch, welche Chancen darin liegen können."

„Leidenschaft ist eine Naturkraft, zitieren Sie Börne. Das steht über dem ganzen Roman?"

Soeys Gesichtsausdruck wurde ernster. „Wissen Sie, Leidenschaft ist eine Naturkraft, denn sie ermöglicht wahre Hingabe, verbindet Liebe und Sex und steht für starke Emotionen, die wir nicht steuern können. Doch immer, wenn es um Liebe und große Gefühle geht, schwingt auch Leiden mit. Deshalb habe ich im Buch auch das Gedicht von Khalil Gibran zitiert: ‚Denn nichts macht uns so verletzbar wie die Momente, in denen wir uns ganz und gar dem geliebten Menschen hingeben, unsere Seele öffnen und unsere Verletzbarkeit offenbaren.' Doch auch, wenn wir wissen, dass sich unser Traum von der ewigen Liebe mitunter nicht erfüllt, weil sie auch ‚ein Schwert unter ihrem Gefieder verborgen hält', ist sie jedes Risiko und jede noch so schmerzvolle Erfahrung wert. Und manchmal erkennen wir erst viel später im Rückblick, warum das Schicksal unsere

Träume, Hoffnungen und Wünsche zerschlagen hat: Dass es nur geschehen ist, um etwas anderes, etwas Größeres herbeizuführen."

„Interessant", kommentierte Johl ihre Ausführungen. „Wie viel Leidenschaft, Dramatik und Schicksalhaftigkeit verträgt ein solcher Roman?"
„Ich würde hier mit einer Gegenfrage antworten", konterte Soey schlagfertig. „Wie viel Leidenschaft, Dramatik und Schicksal verträgt unser Leben? Und gibt es je ein Zuviel? Warum geraten manche Menschen in ihrem Leben immer wieder in schweren Seegang, während andere scheinbar mühelos auf glatter See dahingleiten? Im Leben gibt es kein Zuviel und kein Zuwenig. Das Leben schreibt seine eigenen Geschichten, und wir haben nur die Möglichkeit, alles, was kommt, anzunehmen und das Beste daraus zu machen."

„Soey Schneider, ich danke Ihnen herzlich für dieses Gespräch“, schloss Johl die Sendung und lächelte ein letztes Mal in die Kamera.

„Das war fantastisch!“, rief er, kaum dass die Aufzeichnung beendet war. „Sie waren großartig!“

Meinte Johl das wirklich ernst oder zog er nur eine Show ab? Das Lob klang so überschwänglich, dass Soey einen Moment lang glaubte, dass es tief aus seinem Herzen kam und er tatsächlich meinte, was er sagte. Aber vielleicht hatte er einfach nur gelernt, wie etwas klingen musste, damit es glaubhaft wirkte. Vielleicht hatte er seine schauspielerischen Fähigkeiten im Laufe der Jahre so verfeinert, dass man kaum mehr unterscheiden konnte, was echt war und was einstudiert? Soey wusste es nicht. Sosehr sie sich auch bemühte, seine wahren Gedanken und Gefühle zu erspüren, es gelang ihr nicht. Sie atmete tief durch. Erst jetzt fiel die Anspannung allmählich von ihr ab.

Als sie eine Stunde später endlich zu Hause war, fühlte sie sich noch immer überdreht. Das Adrenalin hatte all ihre Zellen geflutet und nun würde es schwer werden, die Ruhe zu finden, die sie dringend brauchte. Bereits morgen früh würde es losgehen. Sie würde nach Linz fahren und Sebastian treffen. Hoffentlich konnte sie in dieser Nacht etwas Schlaf finden ...

„Guten Morgen, lieber Sebastian“, schrieb Soey, nachdem sie ihr Gepäck im Auto verstaut und Charly es sich auf seiner Decke bequem gemacht hatte. „Das war eine ziemlich unruhige Nacht mit Dir in meinen Träumen. Wie sehr freue ich mich, Dich endlich in meine Arme schließen zu können, Dich zu küssen und all die wunderschönen Dinge mit Dir tun zu können, die ich in meinen Träumen erlebt habe. Wir werden ganz bestimmt eine sehr intensive, unvergessliche Zeit miteinander haben und wahrscheinlich verfliegen die Stunden viel zu schnell … und nach dem Abschied wird die Sehnsucht nach dem anderen noch viel größer sein, weil uns die

Liebe ganz mit ihren zarten Flügeln und ihrem Zauber umfangen hat. Dein kleiner Wirbelwind."

Zwei Stunden war Soey nun auf der Autobahn Richtung Süden unterwegs, als eine Nachricht von Sebastian kam:

„Liebe Soey, danke für die schönen Zeilen. Ich freue mich sehr auf Dich. Hoffe, Du bist schon auf dem Weg und passt gut auf Dich und Charly auf. Bei mir im Spital ist aufgrund der Covid-Situation die Hölle los. Alles läuft sehr chaotisch. Aber das wird sich schon legen. Unsere Liebe ist eine Liebe in chaotischen Zeiten. Das wird nicht nur ein langes, sondern auch spannendes Kapitel in unserem Leben. Kuss, Sebastian."

Soey lächelte. Immer wieder flogen ihre Gedanken zu dem bevorstehenden Treffen mit Sebastian. Noch immer konnte sie nicht glauben, dass sie so mutig war. Wie lange lag ihr letztes Date zurück? Sie wusste es nicht. Und jetzt? Es war nicht einfach ein Date. Sie würden einige Tage gemeinsam auf einer einsamen Almhütte verbringen. Und doch spürte sie, dass es sich richtig anfühlte, sie spürte keine Angst, kein beklemmendes Gefühl in ihrem Bauch. Sie spürte nur sich selbst und die unglaubliche Freude darüber, dass sie Sebastian in ihre Arme schließen würde. Wie würde es wohl werden, wenn sie sich das erste Mal in die Augen sahen? Würde es überhaupt dazu kommen? Was, wenn sie die Grenze nicht passieren durfte? Was, wenn man sie dort aufhielt? Was, wenn sie umkehren musste? *Verdammt,* dachte Soey. Leichtsinnig und kopflos wie ein verliebter Teenager hatte sie sich in dieses Abenteuer gestürzt. Aber war es nicht auch wunderschön? Es war so lange her, dass sie sich das letzte Mal

mit so viel Vorfreude Hals über Kopf in ein so unplanbares, unvernünftiges Vorhaben gestürzt hatte …
Nur noch wenige Minuten, dann würde sie den Grenzübergang bei Passau passieren. Die ganze Fahrt über hatte es geregnet. Wieder blickte sie nach oben. Der Himmel riss auf. Etwas Blau schimmerte durch die dunklen Wolken. Und dann glaubte Soey ihren Augen nicht zu trauen. War das wirklich ein Regenbogen? Ja!

Sie spürte, wie die Schmetterlinge in ihrem Bauch wild mit den Flügeln schlugen. Sie spürte, wie etwas sie durchströmte, das sie so lange schmerzvoll vermisst hatte. Sie war dabei, sich zu verlieben. Sie genoss diese Momente voller Leichtigkeit, diese Momente, in denen alles möglich erschien, die Momente, in denen sie glaubte, fliegen zu können, schweben mit der Leichtigkeit eines

Schmetterlings. Alles schien plötzlich bunter und intensiver, als sie es sich je in ihren Träumen ausgemalt hatte. Und doch schlichen sich hin und wieder Zweifel ein: War Sebastian wirklich der Mann, für den sie ihn hielt? Konnte er ihr das geben, was sie sich lange ersehnt und erträumt hatte? Konnte ein Mann, der drei Mal geschieden war, wirklich eine Liebe leben, die ein Leben lang hielt? War Stabilität in seinem Leben überhaupt vorgesehen oder war nicht vielmehr der stete Wandel eine Konstante in seinem Leben geworden? Und hatten all seine gescheiterten Beziehungen womöglich ein bestimmtes Element gemeinsam? Und wenn ja, welches Element mochte das sein? Vielleicht war es ja seine ständige Suche nach mehr – nach mehr Liebe, nach mehr Nähe –, die die Beziehungen irgendwann scheitern ließ? Vielleicht war es die egoistische Verfolgung seiner

Karriereziele, vielleicht die mangelnde Anerkennung oder Wertschätzung des Partners oder das schlichte Fehlen tief empfundener emotionaler Nähe und Verbundenheit? Obwohl Soey wusste, dass es viele Gründe geben konnte, fragte sie sich, wie lange ihr Glück wohl halten würde. Wie lange würde es dauern, bis es zerbrach, wie lange, bis etwas geschehen würde, das sie jäh abstürzen ließ? Nach jedem Aufstieg, jedem Gipfel folgt der Weg ins Tal. Wann würde er wohl beginnen, dieser mühsame, steinige Abstieg? So oft hatte sie in ihrem Leben bereits erlebt, wie jäh Glück zerbrechen konnte …

Soey versuchte, die dunklen Gedanken so gut es ging zu verdrängen, und doch schlichen sie sich wieder und wieder in ihr Unterbewusstsein ein. Plötzlich fiel ihr etwas ein, das sie vor einigen Tagen auf einer Social-Media-

Plattform gelesen hatte: „Und wenn wir Antworten gefunden haben, stellt das Leben uns neue Fragen." Wie viel Wahrheit darin steckte wurde ihr erst jetzt klar. Alles im Leben war Veränderung, jetzt, in dieser Stunde, heute Abend und erst recht morgen früh konnte alles anders sein. Und so war es auch mit den Fragen, die sich stellten, und mit den Antworten, die man fand. Nichts blieb für immer. Alles konnte sich ändern, in jedem Augenblick. Soey dachte an das, was ihre Mutter immer zu ihr gesagt hatte, wenn sie mal wieder große Pläne schmiedete und verzweifelte, weil das Leben sie durchkreuzte: „Weißt du, wie du Gott zum Lachen bringen kannst?", hatte sie dann gefragt und sich selbst beantwortet: „Mache Pläne." Soey schmunzelte. Vielleicht musste sie all diese Erfahrungen machen, damit sie das Leben in all seinen Schattierungen annehmen konnte – mit all seinen Aufstiegen, seinen wunderschönen Gipfeln, aber auch mit seinen oftmals dunklen Wegen zurück ins Tal. Was wäre das Leben, wenn es nur Gipfel des Glücks gäbe? Würde man das Glück dann überhaupt zu schätzen wissen? Soey schüttelte den Kopf. Nein! Vermutlich nicht. Und genau deshalb gab es nichts Spannenderes, als sich dem Fluss dieses Lebens hinzugeben. Soey wusste, dass sie ihre Ängste und Zweifel loslassen musste. Sie musste es schaffen, wieder in die Wellen dieses Lebens einzutauchen – voller Übermut, voller Neugier und ohne Angst. Denn Leben begann erst dort, wo die Angst endete. Und doch, obwohl sie all dies wusste, gab es nichts Schwierigeres, als genau diese Ängste loszulassen. Wie sehr fürchtete sie, Sebastian zu verlieren und dass ihr Glück zerbrechen könnte oder er sie eines Tages nicht mehr lieben würde. *Solange wir leben,* dachte

Soey, *zweifeln wir. Wir zweifeln an unseren Entscheidungen, an uns selbst, zweifeln daran, dass wir gut genug sind und dieses Glück überhaupt verdienen. Ja, Ängste und Zweifel gehörten zum Leben wie die Luft zum Atmen.* Und vielleicht musste sie sie gar nicht loslassen, sondern annehmen und akzeptieren, dass sie Teil ihres Weges waren. Denn waren es nicht gerade ihre Ängste und Zweifel, die ihr einen Weg eröffnet hatten, der ihr sonst für immer verschlossen geblieben wäre? Wäre sie ohne sie überhaupt aufgebrochen zu diesem Abenteuer, wenn sie nicht gespürt hätte, dass die Angst, dass ihr Leben weiter so vor sich hindümpeln könnte, sie lähmte? Wie groß war ihre Angst davor, nie wieder die unbeschwerte Seite dieses Lebens zu verspüren, nie wieder zu lieben, nie wieder glücklich zu sein und sich nie wieder geborgen zu fühlen? Soey lächelte. Ja, sie hatte es geschafft, ihre Ängste zu überwinden und sie war fest davon überzeugt, dass es sich gelohnt hatte. Wieder bemerkte sie einen kleinen Regenbogen am Rande der Autobahn, als sie langsam an den Grenzposten heranfuhr. Ihr Herz klopfte. Ein Fahrzeug war noch vor ihr. Der Grenzer winkte den Wagen zur Seite. Verdammt, wenn sie jetzt jedes Auto kontrollierten, würde es nicht leicht werden. Dann würde sie vielleicht nicht durchkommen. Und dann, nach einer gefühlten Ewigkeit, winkte der Grenzer sie durch. Sie war in Österreich. Nun gab es nichts auf dieser Welt, das noch verhindern konnte, dass sie Sebastian begegnete.

Linz. „In Linz beginnts“, hatte Sebastian gesagt. Und jetzt war Soey endlich hier an diesem Ort, an dem ihre Geschichte beginnen sollte – in der realen Welt. So viele schöne Momente hatten sie in den letzten Wochen in der virtuellen Welt geteilt, viele Abende, ja ganze Nächte lang telefoniert. Und mit jedem Gespräch, in dem sie dem Klang seiner Stimme lauschte und seinen Geschichten folgte, fühlte sie sich wohler mit ihm. So wohl, dass sie nicht mehr einschlafen konnte, ohne zuvor die vertraute Melodie seiner Stimme und deren weichen Klang gehört zu haben. Soey war aufgeregt. Ihr Herz stolperte und raste. Wenn es so weiterging, würde es irgendwann zerspringen wie dünnes Glas – so gespannt und gleichermaßen zerbrechlich schien es in diesem Augenblick zu sein. Unaufhörlich strömte Adrenalin durch ihre Adern. Sie fühlte sich, als würden Tausende kleiner Champagnerbläschen in ihrem Bauch explodieren. Ihre Gefühle sprudelten über, ihre Haut prickelte. Soey spürte so viel Energie in sich, dass sie unruhig in dem kleinen Hotelzimmer auf und ab lief wie eines jener Aufziehpüppchen, mit denen sie als Kind gern gespielt hatte: Es lief und lief, bis der Akku leer war. Unermüdlich, stundenlang. Soey konnte an nichts anderes mehr denken als an die Begegnung mit Sebastian.

Immer wieder versuchte sie, ihre Gedanken zu sammeln, sich zu sortieren. Doch vergeblich. Und obwohl sie von der neunstündigen Autofahrt todmüde war, fand sie einfach keine Ruhe. Wieder blickte sie aus dem Fenster auf den ehrwürdigen, von Scheinwerfern angestrahlten Linzer Mariendom. *Vielleicht steht ja alles unter einem guten Stern,* dachte sie.

Als sich Soey endlich aufs Bett legte, spürte sie, wie sich ihr Akku leerte und die Erschöpfung allmählich siegte. Ein wenig benebelt erwachte sie am anderen Morgen. Alles fühlte sich so unwirklich an, gerade so, als hätte sie alles nur geträumt. Und doch war sie froh, dass diese unruhige Nacht vorbei war und der Moment ihres Kennenlernens, die Stunde ihres ersten wirklichen Dates immer näher rückte. Nun konnte nichts mehr dazwischenkommen – kein neuer Lockdown, kein Beherbergungsverbot, keine Grenzschließungen, kein Covid-Test, den sie in letzter Sekunde erledigen müsste, um an einer der Kontrollstationen auf der Autobahnstrecke vorbeizukommen. Immer wieder hatten sie in den vergangenen Wochen ihre Pläne geändert, hatten die Reise und ihr Hotel in Venedig storniert, Flüge umgebucht und sich schließlich kurzfristig zu diesem Trip in die Kärntener Nockberge entschlossen.

Als Soey mit Charly gerade eine Runde vor ihrem Hotel drehte und eine Schimpftirade des aufgeregten Rezeptionisten über sich ergehen lassen musste, weil Charly sein Bein ausgerechnet am Ende des Teppichs gehoben hatte, der vor der Eingangstür lag, klingelte ihr Telefon. Sebastian! Ihr Ärger über diesen ungehobelten jungen Mann war sofort verflogen.

„Ich bin in fünf Minuten da“, sagte er. Wieder klopfte ihr Herz wie verrückt. „Ich bin gleich unten“, sagte Soey und beeilte sich, mit Charly in die Tiefgarage zu ihrem Auto zu kommen. Schließlich wollten sie sich das erste

Mal nicht mit Maske in der Hotellobby gegenüberstehen. *Wie unromantisch wäre das?,* dachte Soey. Wieder klingelte das Handy.

„Wo bist du?“, hörte sie seine vertraute Stimme. „Hier, im ersten Stock der Tiefgarage“, antwortete sie und sah, wie Sebastian ihr von der gegenüberliegenden Seite entgegenkam. „Ganz ruhig bleiben. Nicht aufregen“, versuchte es Soey mit Talking Down, einer Methode, von der ihr ihre Freundin immer wieder erzählt hatte. Es half bei Menschen mit traumatischen Erlebnissen, aber wirkte es auch, wenn man glaubte, vor lauter Verliebtheit durch die Decke dieses Parkhauses zu schweben?

Ganz nah war Sebastian inzwischen an sie herangekommen. Er sah gut aus mit seinen leicht zerzausten, grau melierten Haaren, dem markanten

Gesicht, seinen sinnlichen Lippen und dem schlanken Körper, den er lässig in Jeans und ein blaues Hemd gehüllt hatte. Darüber trug er einen grauen Kurzmantel. Genau wie Soey. Endlich standen sie sich gegenüber. Überschwänglich umarmte sie Sebastian – gerade so, als würden sie sich schon eine Ewigkeit kennen – und drückte ihm einen leidenschaftlichen Kuss auf die Wange. „Wow", sagte Sebastian überwältigt, der eine so stürmische Begrüßung nicht erwartet hatte.

„Wie wäre es, wenn wir in den Dom gehen?", fragte Soey und löste ihre Umarmung. „Charly kann in dieser Zeit im Auto bleiben."
„Ja, das ist eine gute Idee. Und dann laden wir dein Gepäck um." Soey nickte und blickte in Sebastians tiefblaue Augen. Sanft umfasste er ihre Hand und sie gingen auf den Domplatz.

Immer wieder wollten Soeys Finger zwischen seine greifen, aber Sebastian flüsterte: „Leg lieber vier Finger in meine Hand und dann den Daumen darum. Das ist so viel angenehmer und wir können uns nicht nur viel intensiver spüren, sondern auch weniger verletzen, sollte einer von uns stolpern." *Ah, da spricht der Arzt,* dachte Soey und musste lächeln. Sie hatte einige Mühe, sich an diese Form des Händchenhaltens zu gewöhnen. Hand in Hand gingen sie die wenigen Stufen zum Mariendom hinauf. In der modernen Glastür spiegelte sich im Sonnenlicht ihre Silhouette. „Ein schönes Paar", sagte Sebastian und sah sie lange und eindringlich an. „Ja", bestätigte Soey nervös unter seinen Blicken, gefangen in ihren Gefühlen, die von Minute zu Minute stärker und intensiver wurden. Sie betraten den Dom und blieben stehen. Soey ließ seine Hand los, ging zu dem kleinen Opfertisch, der vor einer Marienstatue aufgebaut war, und zündete zwei Kerzen an. Sie liebte die wohltuende, besinnliche Atmosphäre dieser heiligen Hallen. Sie stand da, blickte in die Weite des Doms, betrachtete die mächtigen Säulen, die sich meterhoch erstreckten, und spürte, wie etwas von der Ruhe und Stille dieses heiligen Ortes auch in ihr Einzug hielt. Gierig sog sie den Duft des Weihrauchs ein, der sich mit jenem holzigen, leicht kalkigen Geruch vermischte, den das alte Bauwerk ausströmte. Sebastian hatte ihre Hand losgelassen und war hinter sie getreten. Gemeinsam standen sie vor dem Altar, betrachteten das lebensgroße Kruzifix, die Marienstatue und die Mosaike am Fuß des Altars. Dann umfasste er sie mit seinen Armen, schlang sie um ihren Bauch und kam ganz dicht hinter sie. Soey konnte seinen Körper spüren, spürte seinen Atem und seinen Herzschlag. Dann küsste er zart ihren Hals, sog gierig ihren Duft ein und umarmte sie fester. Gerade so, als wollte er sie nie mehr loslassen. Soey war völlig versunken in diesen Augenblick. Sie fühlte sich geborgen, gehalten und getragen – getragen von Sebastian und den Gefühlen, die er in ihr geweckt hatte, getragen von der Magie des Moments, der sie von Null auf Hundert zurück ins Leben katapultierte. Ja, sie waren mit Macht zurückgekehrt, jene Augenblicke der Liebe, der Leidenschaft, kurz: all die sinnlichen Momente, die sie so schmerzvoll vermisst hatte. Wieder betrachtete sie die modernen Altarfenster mit ihren vielen sandfarbenen Ecken, die zu tiefblauen Kreisen zusammenliefen. „Hier ist gut sein", las sie das Motto des Künstlers auf einem der Schilder.

Ja, hier ist es gut zu sein, dachte Soey, und sie hätte noch eine Ewigkeit mit Sebastian hier verweilen können.

Sie spürte etwas von der Vergänglichkeit und den Grenzen des Lebens, die der Künstler wohl einst mit diesen intensiven Farben und Formen darstellen wollte. Aber sie spürte auch, wie ein unbekanntes Glücksgefühl sie durchströmte, weil das Leben gerade mit aller Kraft durch ihre Adern floss.

Bad Kleinkirchheim, Kärnten. Nach einigen Stunden Autofahrt standen sie endlich auf der Terrasse des kleinen Chalets und ließen ihre Blicke über das Tal schweifen. Die Nacht war bereits hereingebrochen. Der Vollmond strahlte so hell auf sie herunter, als wollte er jeden Augenblick zu ihnen herabkommen, um sie zu umarmen. Sein gleißendes Licht fiel auf das kleine Chalet und tauchte es in einen warmen Schein. Soey war berauscht von dieser Nacht, dem mystischen Nebel, der sich über das Tal gelegt hatte, berauscht von Sebastian, dem Wind, der durch die Baumwipfel fuhr und darin eine fremde, schöne Melodie wisperte. Gerade so, als würden die Wipfel ihnen etwas zuflüstern.

Sebastian ging zu dem kleinen hölzernen Tisch, öffnete die Flasche Champagner, die sie mitgebracht hatten, und ließ den Korken knallen. Dann goss er zwei Gläser ein und reichte ihr eines: „Auf uns und diesen schönen Abend!"

„Ja", sagte Soey und nahm einen großen Schluck des köstlichen Getränks. Wieder versank sie in seinen wunderschönen Augen.

„Ich glaube, ich habe mich in den Batdoc verliebt", flüsterte sie. ‚Batdoc' ... so nannte sie ihn liebevoll, seit er ihr nach jener Tagung in Seitenstetten gesagt hatte, dass er sich mal wieder auf seiner Mission befand, die Welt zu retten. „Na ja", hatte er später relativiert, „oder sie vielleicht zumindest ein wenig besser zu machen."

Nun standen sie hier auf über 1200 Metern Höhe und Sebastian betrachtete Soey lange mit einem Blick, der ihr verriet, wie tief er für sie empfand.

„Ich habe mich auch in den ungestümen Wirbelwind aus Berlin verliebt. Sehr sogar", hauchte er und küsste sie so vorsichtig und zart, als könnte er sonst das Wertvolle, das er vor sich hatte, zerstören. Als seine Zunge die ihre berührte, spürte Soey, wie sehr sie bereits mit ihm verbunden war. Es war nicht einfach nur ein Kuss, nein, da war viel mehr: In diesem Kuss schwang etwas von der Ewigkeit mit, nach der sie sich so sehr gesehnt hatte.

Erst jetzt bemerkten sie beide, wie kalt es bereits geworden war. In den Bergen kühlte es abends rasant ab. Soey fröstelte. Es war Zeit, in die Hütte zu gehen.
„Ich mache uns ein Feuer", sagte Sebastian, nahm Soeys Hand und führte sie in das kleine, gemütliche Chalet. Soey freute sich. Erst jetzt fiel ihr ein,

dass ja heute Halloween war und damit jene Nacht hereingebrochen war, in der man Dinge, von denen man sich trennen wollte, loslassen konnte, um das Neue zu begrüßen. Es war eine Zeit des Abschiednehmens, des Loslassens und des Vergebens. Auch das Feuer gehörte als sichtbare Transformation dazu.

„Was hältst du davon“, fragte sie, während sie etwas Rotwein in die beiden Gläser einschenkte, „wenn wir ein kleines Ritual machen, um alles zu verabschieden, was wir in unserem Leben nicht mehr haben wollen?“

„Ja, warum nicht?“, sagte Sebastian, der vor dem Kamin hockte und das Feuer schürte. Er hatte die dicken Scheite zu einer kleinen Pyramide aufgeschichtet und darunter Zeitungspapier und Anzünder platziert. Gleich darauf züngelten Flammen und das Feuer prasselte. Sie setzten sich auf die lange Holzbank mit dem Schaffell. Soey lehnte sich rücklings an Sebastian, der sie in seinen Armen hielt. „Hier ist Papier“, sagte sie und hielt ihm über den Kopf einen kleinen Block und einen Stift hin. „Da kannst du aufschreiben, was du loslassen möchtest. Soll ich anfangen?“

„Ja“, sagte Sebastian.

„Meine Ungeduld“, stand auf ihrem Zettel, den Soey ins Feuer warf.

„Ja, das ist es auch bei mir“, sagte Sebastian. „Meine Ängste, besonders meine Verlustängste“, sagte Soey. Sebastian nickte und wieder warfen sie ein Stück Papier ins Feuer.

„Menschen, die nicht mehr in mein Leben gehören und mir nicht guttun.“, fuhr Soey fort. Wieder tat er es ihr gleich. „Meine Selbstzweifel“, schrieb sie auf das nächste Blatt. „Du hast Selbstzweifel?“, fragte Sebastian ungläubig und betrachtete sie. „Du hast wirklich keinen Grund dazu. Du bist eine wundervolle, attraktive und noch dazu tiefgründige und liebenswerte Frau. Ich habe dein Interview im Fernsehen gesehen. Du warst großartig. Ich muss deinen Roman unbedingt lesen."

Soey war gerührt. Wie sehr sie seine Worte genoss, sie aufsaugte, wie gut sie ihrer Seele taten …

Sie wiederholten dieses Ritual noch einige Male, dann zog Sebastian sie ganz dicht an sich heran und küsste ihren Nacken. „Was meinst du, sollten wir nicht ins Schlafzimmer gehen?", hauchte er verführerisch und Soey spürte, wie die Leidenschaft von ihr Besitz ergriff. Sie nickte und ließ sich auf der Holzbank nach vorn gleiten. Dann stand sie auf. Sebastian war dicht an sie herangekommen. Er nahm ihre Hände und umschloss sie sanft. Dann sah er ihr tief in die Augen. „Wie schön du bist", raunte er. „Erst jetzt nehme ich dich ganz und gar wahr. Er beugte sich zu ihr, schloss die Augen und küsste Soey verzückt. Soey war unfähig, einen klaren Gedachten zu fassen. Ihre Gefühle fuhren Achterbahn. Es war jener Augenblick, in dem all die Spannung, all die Aufregung kulminierten, jener Augenblick, in dem das Adrenalin durch ihre Adern schoss und das Herz vor Aufregung zu zerspringen drohte. Ja, Soey war bereit für den freien Fall, sie war bereit, alles loszulassen, sie war bereit, den Wind auf ihrer Haut zu spüren, war bereit, sich hinzugeben, sich berühren, sich verführen zu lassen, ja, sie war bereit, sich wieder zu verlieben. Ganz und gar, mit Haut und Haar, mit Leib und Seele und mit allem, was sie hatte. Es war ein Rausch, der all ihre Sinne gefangen nahm und sie mit sich in eine andere Welt trug – eine Welt, in der es nur sie und jene magischen Gefühle gab, von denen sie immer geträumt hatte.

Für einen kurzen Moment schlug Soey die Augen auf und sah, wie sich auch Sebastian langsam vollkommen seiner Leidenschaft hingab. Er ließ ihre Hände los und vergrub seine Finger in ihren Haaren, um sie erneut zu küssen. Doch dieses Mal war es anders: Es war nicht mehr zart und sanft, nein, es war wild, animalisch und leidenschaftlich. Seine Zunge nahm Besitz von ihrem Mund, ja, sein Kuss hatte fast etwas Verzweifeltes, etwas Gieriges. Soey spürte, wie die Lust alle Zellen ihres Körpers erfasste und zum Leben erweckte.

„Was machst du bloß mit mir?“, flüsterte sie. „Was machst *du* mit *mir*?“, entgegnete Sebastian heiser, nahm sie auf seine Arme und trug sie in das Schlafzimmer, das mit seiner warmen Holzverkleidung und der kuscheligen Ausstattung an eine Puppenstube erinnerte. Sanft legte er sie aufs Bett und drückte sie auf die Decke. Seine

Hand umfasste ihr Kinn, seine Finger wanderten zärtlich über ihre Wange, zogen die Linie ihrer Lippen nach, während die andere Hand unter ihre Bluse glitt und ihre Brust erkundete. Langsam knöpfte er ihre Bluse auf, während Soey sein Hemd öffnete. Sebastian keuchte, als er ihren Spitzen-BH öffnete und ihn aufs Bett gleiten ließ. Dann öffnete er den Knopf ihrer Jeans. Soey hob ihren Po leicht an, sodass er sie abstreifen konnte. Dann legte er sein Hemd und seine Hose ab. Seine Hände waren nun überall. Auf ihrer Brust, ihrer Taille, auf ihrer Hüfte, und sie wanderten schließlich in ihr Höschen zu ihrem Hinterteil. „Was für einen wunderschönen Po du hast. Du hast noch viel zu viel an“, hauchte er und zog an dem zarten Stoff. Soey stöhnte und streifte ihm seine Boxershorts ab. *Wow,* dachte sie in diesem Moment, *wie hart und groß er ist ...* Wieder küsste er sie, schob ein Bein zwischen ihre Schenkel, hob ihr Knie und presste sich gegen sie, sodass sie seine Erektion spüren konnte. Keuchend verlor sich Soey ganz in ihrer Leidenschaft und ihrer Lust. Sie küsste ihn, strich mit ihrem Finger durch seine vollen, grau melierten Haare und hielt ihn fest. Wie gut er roch. Bevor sie sich völlig vergessen konnte, drückte sie seine Brust sanft nach hinten. Sebastian verstand, was sie wollte. Er drehte sich auf den Rücken, sodass Soey auf ihn klettern konnte. Langsam ließ sie sich tiefer gleiten, spürte wie hart er war und nahm ihn in ihren Mund. Sie saugte, lutschte, mal zart, mal wilder, ließ ihre Zunge auf und ab gleiten. Sebastian stöhnte. Dann unterbrach sie ihr Spiel, ließ sich weiter nach oben gleiten und nahm ihn ganz in sich auf. Soey glaubte für einen Moment lang zu vergehen. So intensiv und überwältigend war dieses Gefühl, das von ihrem Unterleib ausströmte und sich blitzartig in ihrem gesamten Körper ausbreitete. Plötzlich gab es nur noch ihre beiden Körper und die Wellen der Leidenschaft, die sie mit sich hinwegtrugen. Ihr schneller Atem drang an sein Ohr. „Komm mit mir“, rief sie und richtete sich auf, während sie weiter auf ihm ritt. „Öffne deine Augen“, flüsterte sie. Als er sie aufschlug, konnte Soey sehen, wie weit seine Pupillen waren – weit vor Leidenschaft, so weit wie das Tal, das unter ihnen lag. Er blickte sie an und sie schaute in jene tiefblauen Bergseen, die sie von Anfang an so sehr verzaubert hatten. Sie bewegte sich weiter auf ihm, immer schneller war ihr Rhythmus geworden. Dann spürte sie, wie sich die Spannung entlud und die Achterbahn in den freien Fall stürzte. Ihr Körper pulsierte.

„Soey, ich liebe dich", rief Sebastian, der sich bereits fühlte, als würde er schweben, während er sich wie ein wilder, warmer Strom in ihr ergoss.

Nachdem der erste Sturm vorüber war, waren beide in einen kurzen, leichten Schlaf geglitten. Soey war gerade erwacht. Verliebt betrachtete sie Sebastian. Sie konnte einfach nicht genug von ihm bekommen. Eigentlich war sie müde, doch wirklich schlafen konnte sie nicht. Nicht heute Nacht. Sie wollte ihn die ganze Zeit. Sie war geradezu süchtig nach seiner Liebe, nach dem Feuer seiner Leidenschaft, das sie regelrecht verbrannte, süchtig, seine weiche Haut zu spüren und seinen markanten Duft nach Limonen in sich aufzusaugen, süchtig danach, ihn tief in sich zu spüren, süchtig danach, ihn zu küssen.
Diese Küsse waren himmlisch. Sie schmeckten süß und verlockend zu-

gleich und jedes Mal, wenn ihre Zungen sich umspielten, war es, als ob sie sich bereits vereinigten. Etwas in Soey schien dann zu explodieren, in ihrem Kopf, ihrem Bauch und ihrem Unterleib zugleich. Es war magisch, eine Explosion der Sinne hatte die Barriere zu ihrer Seele durchbrochen. Jeder seiner Küsse berührte ihre Seele auf eine ganz eigene, tiefe, fast spirituelle Art, die durch ihre tiefe Verbundenheit entstand.

Sebastian schlief, oder vielmehr döste er. Langsam schmiegte sie ihren Körper an seinen, streichelte seinen Rücken und fuhr mit ihrem Finger über seinen Nacken. Dann glitt sie tiefer und ließ ihren Fingern sanft seine Oberschenkel entlang gleiten – auf und ab ... Sie bedeckte seinen Hals mit Küssen und bewegte sich mit ihrer Zunge langsam tiefer. Sebastian erwachte und drehte sich langsam zu ihr. Soeys Verlangen wuchs. Wie sehr wollte sie ihn tief in sich einschließen, wollte sein Gesicht betrachten, sehen, wie die Erregung seine blauen Augen schimmern ließ. Sie ließ sich auf ihn gleiten und spürte, wie hart er war, als sie sich auf ihn setzte. Dann küsste sie ihn, berührte seine Lippen. Sie sah, wie die Leidenschaft seine Augen in tiefe Bergseen verwandelte. Sanft fuhr sie mit ihrer Zunge über seinen Mund, der ihr inzwischen so vertraut war. Manchmal drang sie so tief in ihn vor, als wollte sie ganz tief auf den Grund des Bergsees schauen. Manchmal blieb sie an der Oberfläche, wurde sanft, strich wie eine zarte Brise über seine Lippen. Dann wieder spürte sie, wie der Wind auffrischte, wie die Wellen stärker wurden und sich ihre Zungen lustvoll und feucht umspielten – wild wie das Wasser, das ans Ufer brandete. Dann begann Soey, sich zu öffnen, ihn in sich aufzunehmen und sich zu bewegen. Erst sanft und vorsichtig, dann schneller und wilder. Die Wellen waren zurück, der Sturm hatte eingesetzt. Soey spürte, wie sich ihre Spannung ins Unerträgliche steigerte. Ihre beiden Körper bäumten sich auf, der Rhythmus wurde immer schneller, bis die Fluten ihres Verlangens sie vollkommen erfassten und hinwegspülten ...

Wien. Drei Wochen waren seit ihrem romantischen Date auf der Almhütte vergangen. Aufgeregt lief Sebastian in der fast leeren Ankunftshalle des Wiener Flughafens Schwechat auf und ab. Sein Herz klopfte. Er beobachtete, wie ein älterer Mann eine junge Frau mit Maske küsste, während ihre Söhne auf dem iPad live dabei waren. „Hallo, Papa", riefen sie. „Willkommen zu Hause!" Das Paar lächelte. Sie schienen glücklich zu sein. So glücklich, wie man in einer Zeit wie dieser sein konnte ... Dann war es endlich so weit. Die Schiebetüren öffneten sich. Soey trat hindurch. Als sie ihn bemerkte, strahlten ihre Augen und ein bezauberndes Lächeln umspielte ihren

Mund. *Wie gut sie aussieht,* dachte Sebastian. In den engen hellblauen Jeans kamen ihre endlos langen Beine besonders gut zur Geltung. Ihre blonden Haare hatte sie zu einem strengen, eleganten Zopf gebunden, der ihr schönes Gesicht betonte und sie jung wirken ließ.

Wie sehr hatte er Soey vermisst.

Verliebt schlenderten sie vierzig Minuten später Hand in Hand durch die Wiener Innenstadt. Doch Soey kam es so vor, als wäre etwas anders. Irgendetwas Dunkles schien sich auf ihr Gemüt zu legen – etwas Diffuses, etwas, das sie nicht greifen konnte. Soey versuchte, die dunklen Gedanken, die sie seit gestern Nacht plagten, zu verscheuchen. Doch sie wusste, dass dieses komische Bauchgefühl, diese unterschwellige Ahnung, die sie mit Worten nicht beschreiben konnte, etwas bedeutete.

Vielleicht hast du auch einfach nur schlecht geträumt!, dachte sie. Doch sosehr sie sich auch bemühte, dieses Gefühl zu verscheuchen: Es blieb hartnäckig.
Sie schlenderte mit Sebastian durch das sogenannte Bermudadreieck, ein beliebtes Ausgeh- und Szeneviertel der Stadt. Sebastian erinnerte sich an seine Studentenzeit. Hier hatte er viele Abende mit seinen Kommilitonen verbracht. Es war lange her ... Doch auch heute, an diesem letzten, spätherbstlichen Abend vor dem Lockdown, saßen viele Menschen draußen. Alles schien wie damals zu sein. Die Stimmung war ausgelassen. Lautes Stimmengewirr, Lachen und Musik drangen zu ihnen herüber.
„Du wirkst traurig", sagte Sebastian unvermittelt und blickte Soey besorgt an. „Hat es mit uns zu tun? Habe ich etwas falsch gemacht?"

„Nein", antwortete sie. „Es ist vielmehr ein Gefühl, das ich seit gestern habe … ein Gefühl, dass irgendetwas geschehen wird. Aber mach dir keine Sorgen. Vielleicht habe ich nur schlecht geträumt."
„Das tut mir leid", erwiderte Sebastian, nahm sie in seine Arme und drückte ihr einen Kuss auf die Wange. „Du weißt, ich bin immer für dich da. Ganz egal, wie dunkel oder düster es auch kommen mag."

Erst jetzt bemerkten sie den chinesischen Straßenmusiker, der an der Ecke stand und auf seiner Violine „You raise me up" spielte – so wunderschön und melancholisch, dass es ihr Herz berührte. Soey beobachtete, wie versunken der junge, hagere Mann spielte, wie sehr er mit sich und seinem Instrument eins zu sein schien, und legte 50 Euro in den kleinen Hut, den er dafür bereitgestellt hatte. Der Chinese namens Luan nickte und lächelte.

Sie bummelten weiter durch die Rotenturmstraße in Richtung Stephansplatz. „Vielleicht gehen wir noch in den Dom“, schlug Soey vor und Sebastian nickte. „Ja, das ist eine schöne Idee. Und dann suchen wir uns bei dem netten Italiener ein schönes Plätzchen. Vielleicht sogar draußen, weil dieser Abend so schön ist.“ Er zog Soey an sich und küsste sie. Erst sanft und dann so leidenschaftlich, dass es ihr den Atem nahm und sie vor Verlangen beben ließ. „Du bist verrückt“, rief sie lachend, als er sich von ihr gelöst hatte.

„Ja“, sagte Sebastian, „verrückt nach dir.“ Seine Augen strahlten. Wie sehr sie diesen Mann liebte! Soey lächelte versunken. Die dunklen Gedanken waren verflogen. Sie war glücklich und jeder sollte es sehen.

Wenig später standen sie vor dem imposanten Stephansdom, der die Silhouette der Stadt seit vielen Jahrhunderten prägte. Auf seinem Steildach konnte man noch immer die vielen bunten Dachziegeln der k.u.k.-Doppeladler bewundern.

„Wunderschön", rief Soey verzückt.

„Ja, das ist es", bestätigte Sebastian. „Ich komme nach Dienstschluss oft hierher, um Ruhe zu finden. Nirgendwo sonst gelingt mir das so sehr wie hier. Gut zu wissen, dass es einen Ort wie diesen gibt, an dem ich einfach loslassen kann."

Durch den prächtigen Haupteingang betraten sie den Innenraum der Kathedrale. Die Abenddämmerung brach durch die Fenster und tauchte den riesigen gotischen Raum in ein warmes, heimeliges, mystisches Licht. Gebannt schritten sie vorbei an den hölzernen Sitzreihen und betrachteten den prachtvollen Barockaltar. Soey war fasziniert von dem Bild, das sich darüber befand und die Steinigung des heiligen Stephanus zeigte. Sie sah, wie der Heilige auf die Knie sank, während er gesteinigt wurde, sah, wie sich der Himmel über ihm öffnete, und wie das Antlitz Jesu und das Antlitz Gottes strahlend über ihn wachten.

„Ein tröstliches Bild", sagte sie nach einer Weile zu Sebastian. „Es zeigt, dass wir in der Stunde des größten Leides und in der Stunde unseres Todes nicht allein sind. Es zeigt, dass wir uns nicht fürchten müssen, denn es gibt einen Ort jenseits dieser Erde, der so schön, hell und warm und voller Liebe ist, dass dort alles, was wir erlebt, gefühlt und geliebt haben, für immer aufgehoben und geborgen ist."

Sebastian nickte. Ja, das war tröstlich. Und doch hatte er zu oft schon den Glauben daran verloren. Er blickte auf seine Armbanduhr. „Es ist schon spät, zwanzig vor acht. Wir müssen los, wenn wir noch etwas essen wollen", sagte er und nahm Soeys Hand.

Als sie wenig später am Fenster der kleinen italienischen Trattoria saßen, nahm Sebastian ihre Hand. Er war so verliebt, dass er den Blick nicht von Soey abwenden konnte.

„Was ist denn?", fragte sie, als sein durchdringender Blick sie nervös machte. „Nichts, ich sehe dich nur an", antwortete er und lächelte sie an. „Darf ich das nicht? Du bist so schön!" Dann las er die Karte und bestellte eine Flasche Rotwein. Lachen und laute Stimmen drangen aus dem Gastraum zu ihnen herüber. Plötzlich rannte ein kleiner Junge kichernd mit einem Blatt Papier auf Soey zu.

„Na", fragte sie, „wer bist du denn und was hast du da?", während er sie mit seinen puppenhaften Augen ansah und ihr das Blatt reichte. Soey betrachtete es. Es zeigte einen großen brauen Bären und eine riesige gelbe Sonne, die ihn anstrahlte. Soey spürte, wie ihr ein

Stich ins Herz fuhr. „Sie müssen entschuldigen“, hörte sie unvermittelt eine ältere Dame, die inzwischen zu ihrem Tisch herübergekommen war. „Das ist mein Enkel Dominik. Er ist manchmal noch ein wenig wild.“ Soey versuchte ein Lächeln. Wie sehr erinnerte sie das an eine Zeit in ihrem Leben, die sie so gern hinter sich gelassen hätte. Wieder waren all die Wunden aufgerissen, die in den letzten Wochen allmählich vernarbt waren.

„Kein Problem“, hörte sie sich sagen und erinnerte sich daran, dass sie noch immer den kleinen Steiff-Bären bei sich trug, den sie damals gekauft hatte. Sie hatte sich einfach nicht von ihm trennen können.

„Können Sie vielleicht etwas auf ihn aufpassen?“, fragte die ältere Dame.

„Ja“, antwortete Soey und spürte, wie sehr ihr die traurigen Gedanken zu schaffen machten.

„Danke, das ist sehr lieb von Ihnen. Ich habe mein Handy im Auto vergessen und muss dringend meine Tochter anrufen, um ihr zu sagen, dass es uns gut geht. Sonst macht sie sich Sorgen." Soey nickte. „Das kenne ich gut. Gehen Sie ruhig. Wir passen gern auf den kleinen Mann auf." Die ältere Dame verließ schnell das Lokal. Soey nahm ihre Handtasche vom Boden und kramte den kleinen Bären heraus. „Schau mal, Dominik, wie gefällt dir der kleine Bär? Er könnte dein neuer Begleiter sein!" Gierig griff der Kleine nach dem kuscheligen Plüschteddy und wiegte ihn in seinen Armen. „Jaaa", rief er mit piepsiger Stimme und strahlte sie an. Plötzlich vernahmen sie einen ohrenbetäubenden Knall. „Was war das?", fragte Soey. Dann sah sie einen Mann mit einem Gewehr direkt vor ihrem Fenster stehen. Wieder ertönte ein Schuss. Eine ältere Frau brach direkt vor ihren Augen zusammen. Einen Augenblick lang blickte Soey in die Augen des Täters, der noch immer vor dem Fenster stand und auf ihren Tisch zielte. *Der Kleine!*, ging es ihr rasend schnell durch den Kopf. Dann drückte der Mann ab. Die Fensterscheibe zerbarst klirrend in Tausend kleine Teile, während Soey sich schützend auf Dominik fallen ließ. Beide stürzten zu Boden.

„Soey!“, schrie Sebastian wie von Sinnen. Alles wurde schwarz um sie herum. Soey nahm wahr, wie sie von einem gleißenden Licht angezogen wurde. Sie sah den leuchtenden Himmel über sich, sah zwei Gestalten, die auf sie zu warten schienen. Dann kam ein kleiner Junge auf sie zugerannt. Freude durchströmte ihr Herz. Endlich konnte sie ihn in ihre Arme schließen. Endlich waren sie mit ihm vereint. Endlich konnte sie mit ihm sprechen, seine Stimme hören, seinem Lachen lauschen ... Im Lokal herrschte Panik. Die Gäste schrien aufgeregt durcheinander, Tische und Bänke wurden umgestoßen, alle suchten Schutz. *Verdammt,* dachte Sebastian, der sich auf den Boden geworfen hatte und zu Soey herüber gerobbt war. Blut rann aus ihrer rechten Seite. *Er scheint sie getroffen zu haben. Ich muss sie hier rausbringen, schnell und zwar schnellstens.* Sebastian versuchte, so gut es ging neben Soey zu kauern. Dann hob er sie etwas an, zog sie vorsichtig zur Seite, damit sie den kleinen Dominik nicht mit ihrem Gewicht erdrückte. „Bist du okay?“, fragte er besorgt und der Kleine nickte. Noch immer umklammerte er fest den Teddy. „Du musst jetzt hier bei mir bleiben“, sagte Sebastian. „Das ist wichtig! Versprichst du mir das?“ Der Kleine nickte.

„Soey!“, rief Sebastian zum wiederholten Male, „kannst du mich hören?“ Doch sie reagierte nicht. *Verdammt, was machen wir jetzt?* Fieberhaft überlegte Sebastian, was zu tun war. Dann hatte er eine Idee. Der Mann mit dem Gewehr schien weitergezogen zu sein. Aber was, wenn er zurückkehrte oder wenn es gar mehrere Attentäter gab? Von draußen erklangen Schüsse und panische Schreie von Passanten. *Jetzt! Ich muss jetzt raus,* dachte Sebastian. Er packte den kleinen Dominik an der Hand und flüsterte ihm eindringlich zu: „Du musst jetzt mit uns kommen. Ja?“ Dominik nickte. „Okay.“ Dann zog Sebastian Soey auf seine Arme, hob sie hoch und rannte mit ihr und dem kleinen Dominik im Schlepptau auf die Tür zu. „Sie können jetzt nicht raus, das ist Wahnsinn“, rief ihm der italienische Wirt zu. Doch Sebastian hörte es nicht. „Öffnen Sie schnell! Es geht um Leben und Tod!“ Der Gastwirt schüttelte den Kopf, öffnete aber dennoch die Tür. Dann rannte Sebastian los. Er hetzte durch die Rotenturmstraße, vorbei an verängstigten, verstörten Menschen, vorbei an Polizisten mit Sturmgewehren, die nach und nach einzutreffen schienen, rannte vorbei an den schönen klassizistischen Fassaden, die die Straße säumten. Wieder und wieder sah er Menschen, die weinten, zitterten und vollkommen verängstigt waren. Einige lagen blutend am Boden. Wieder drangen die Geräusche von Schüssen zu ihm herüber. Er hörte, wie der Täter schrie und jubelte. Er musste ganz in der Nähe sein. Aber Sebastian blieb keine Zeit, um zu schauen, woher die Rufe kamen. Er musste weiter, und zwar schnell. Wenn Soey ernsthaft verletzt war, blieb ihm keine Zeit. Menschen rannten durch die Gasse, manche schrien. Sebastians Schritte wurden schneller.

Er sah eine Frau, die mitten auf der Straße kauerte. Sie schien unter Schock zu stehen und weinte.

„Sie müssen hier weg“, rief er ihr zu. „Sie können hier nicht bleiben, vielleicht kommt er zurück!“ Die Frau nickte und stand langsam auf.

Wenig später hatte Sebastian mit Soey und Dominik den Stephansdom erreicht. Er rannte durch den großen Haupteingang in den Innenraum. Alles wirkte ruhig. Nichts ließ auf das Drama schließen, das sich draußen gerade abspielte. Der Dompfarrer hatte den Abendgottesdient beendet: „Vielleicht kennen wir Gott, aber erkannt haben wir ihn noch lange nicht“, hörte Sebastian ihn sagen, während er den Gang entlanglief und schrie: „Schnell, alles verbarrikadieren. Da draußen läuft ein Attentäter herum. Er schießt wild um sich.“ Der Dom war gut besucht um diese Zeit. Einige

der Gottesdienstbesucher sprangen panisch von ihren Bänken auf, andere schrien oder weinten, wieder andere wurden ganz still. Nicht alle Sitzreihen waren besetzt. „O mein Gott“, schrie eine ältere Frau. „Sie müssen jetzt Ruhe bewahren“, redete der Dompfarrer in ruhigem Ton auf sie ein. „Bleiben Sie alle sitzen. Gott wird uns beschützen. Beten Sie!“, rief er und lief schnell zum Haupteingang, um die Pforten zu verriegeln. Wenig später prasselten Schüsse gegen das große Eingangstor. *Das war knapp,* dachte Sebastian. Sie waren in Sicherheit. Zumindest vorerst.
Sebastian hatte Soey inzwischen auf eine der hinteren Holzbände gelegt und sie in eine stabile Seitenlage gebracht. Der kleine Dominik wich nicht von ihrer Seite. „Haben Sie hier einen Verbandskasten?“, fragte Sebastian den verwirrten Pfarrer,

der fassungslos beobachtete, wie er Soey entkleidete. Sebastian zog ihr die Jacke aus, riss ihre Bluse auf. Dann sah er Blut … viel Blut. Verdammt noch mal, wo kam das her? „Was ist mit dem Verbandskasten, Pfarrer?“, schrie er. „Ich brauche ihn jetzt!“

„Ja, ich gehe ihn holen.“ Pfarrer Tonio Fabricio rannte. Er hetzte den langen Gang entlang nach vorn in Richtung Altar, dann nach links in den kleinen Gang hinein, drückte die Tür zum Aufenthaltsraum auf und öffnete einen der Schränke, um den orangefarbenen Kasten mit grünem Kreuz herauszunehmen. *Sehr gut,* dachte Tonio. *Danke, Herr, dass du mich geführt hast.* Dann hastete er zurück in den Innenraum der Kathedrale, zurück zu der Bank, auf der Soey lag, und reichte Sebastian den Verbandskasten.

„Öffnen sie ihn“, bat Sebastian. Der Pfarrer tat wie ihm geheißen. „Schauen Sie nach, ob Sie darin Handschuhe,

Desinfektionsmittel, eine Schere, und Verbandsmull finden! Wie heißen Sie eigentlich?“
„Ich bin Pfarrer Tonio.“
„Okay Tonio, Sie sind jetzt mein Assistent. Geben Sie mir als Erstes die Handschuhe und dann etwas zum Abtupfen und das Desinfektionsmittel.“
Tonio griff in den Kasten und gab ihm das Gewünschte. Sebastian streifte sich die Handschuhe über und tupfte die große, stark blutende Wundfläche an Soeys rechter Seite ab. Zunächst musste er die Blutung zum Stillstand bringen. Erleichtert stellte er fest, dass es offenbar nur ein Streifschuss war. Es schien kein Geschoss eingedrungen zu sein. *Gott sei Dank,* dachte er. „Geben Sie mir jetzt das Verbandszeug.“
Der Pfarrer reichte ihm Binde, Mull, Kompressen und Heftpflaster, sodass Sebastian einen Druckverband anlegen

konnte. Er sah, dass Soey zitterte. Ihr Blutdruck war im Keller, ihr Kreislauf war zusammengebrochen.
„Haben Sie eine Decke hier, Tonio?", fragte er.
„Ja, ich hole sie ..."
„Hier, nehmen Sie meine Jacke", rief ein junger Mann, der zu ihnen herüber gekommen war. Dankbar nahm Sebastian die warme Steppjacke und deckte Soey damit zu. Dann hielt er inne und betrachtete sie. *Verdammt Soey, bitte verlass mich nicht! Nicht jetzt und nicht irgendwann! Ich liebe dich so sehr, dass ich ohne dich nicht leben kann, nicht mehr leben will ...* Sebastian merkte, wie sich seine Spannung löste. Er begann zu zittern und weinte.
Tonio war zurück mit der Decke und einer Flasche Messwein. „Ich denke, Sie können einen Schluck vertragen", sagte er, während er die Decke über

Soey ausbreitete und Sebastian einen Becher Wein einschenkte. Dankbar nahm er einen großen Schluck.
Gleich darauf ertönte lautes Hämmern. Jemand trommelte gegen das Tor, dann waren Stimmen zu hören: „Hier ist die Polizei. Sie können die Tür öffnen. Der Attentäter ist gestellt. Sie sind in Sicherheit!“

Wien. Gebannt stand Sebastian am Ufer des Flusses und starrte auf die beängstigende Szenerie, die sich vor ihm abspielte. Erst jetzt bemerkte er, dass neben ihm ein kleiner Junge stand. *Dominik!*, ging es ihm durch den Kopf! Es musste Dominik sein. Gemeinsam schauten sie auf die Insel. Ein Inferno schien dort alles Leben ausgelöscht zu haben. Ein alles verschlingendes Flammenmeer schob sich über das Eiland. Der Schein des Feuers spiegelte sich im Wasser und verwandelte es in ein blutschwarzes Meer. Niemand sprach ein Wort. Plötzlich schoss eine Feuersäule aus der Mitte der Insel in den Himmel empor. Einst hatte genau dort ein Turm gestanden, dessen konzentrische Mauerringe die Stadt geschützt hatten. Nun war dort nichts mehr – außer Feuer. Tausende kleine Feuer flankierten den Turm wie rußschwarze Säulen mit spitzen Zacken, die aus dem dunklen Nichts emporragten. Alle Hoffnung schien verloren. Sebastian spürte, wie sich etwas Schweres, Drückendes auf sein Herz legte. Er hatte Mühe zu atmen. Die Rauchschwaden zogen bis zu ihnen ans Ufer herüber. Beißender Qualm fraß sich in seine Lunge. Dann blickte er nach oben und sah, dass aus den dunklen Wolken langsam Schnee auf die Feuersbrunst herabrieselte. Sanft und geradezu unschuldig legte er sich auf die alles vernichtenden Flammen, gerade so, als könnte er mit seiner Sanftheit deren blinde Zerstörungswut beschwichtigen. Immer mehr dunkle Wolken zogen am Horizont herauf. Sebastian fröstelte. Es war kalt. Sehr kalt. Er zog seinen Mantel aus und legte ihn schützend um Dominiks Schultern. Plötzlich brach ein heller Lichtkegel durch die dunklen Wolken. Wie ein Komet tauchte er die dunklen Wolken für einen Bruchteil von Sekunden in gleißendes Licht und ließ sie wie weiße Engel aussehen, die über der zerstörten Stadt schwebten. *Was bedeutet das alles?,* überlegte Sebastian. Überall Feuer, Rauch und dunkle Wolken ... War das wirklich das Ende?

Unvermittelt schreckte er hoch. Das schabende Geräusch der Tür hatte ihn geweckt. Noch immer war er ganz benommen von seinem Traum. Es dauerte eine Weile, bis er zurück ins Hier und Jetzt fand. „Entschuldigen Sie", sagte die Krankenschwester, die es sichtlich bedauerte, ihn geweckt zu haben. „Es muss Ihnen nicht leidtun, Schwester Ina", sagte Sebastian. „Ich bin wohl kurz eingenickt. Und eigentlich dürfte ich ja gar nicht hier sein. Besuche von Angehörigen sind nicht erlaubt. Aber ich bin ja als ihr Arzt hier“, murmelte er. Besorgt blickte er zu Soey hinüber. Noch immer war sie nicht aufgewacht. Wie lange würde es noch dauern? Zärtlich nahm er ihre Hand und strich sanft über ihre schlanken, langen Finger.

Wieder dachte er an Dominik.

„Wo ist der kleine Junge?“, fragte er die Schwester.

„Ein Betreuer aus der Notfallseelsorge hat ihn mit nach Hause genommen. Er wird dort mit ihm auf seine Mutter warten. Es geht ihm gut, soll ich Ihnen ausrichten“, sagte Ina und freute sich, Erleichterung in Sebastians Augen zu sehen. *Gott sei Dank*, dachte Sebastian und war froh, dass der Junge in Sicherheit war.

„Ich soll Ihnen noch etwas von Dominik geben. Es ist für Soey.“ Sie reichte ihm ein in Folie gepacktes Blatt Papier mit einer Kinderzeichnung. Sebastian glaubte seinen Augen nicht zu trauen: Ein bunter Leuchtturm vor einem dunkelblauen Sternenhimmel. Das Licht des Mondes fiel auf seine Spitze und tauchte ihn in strahlend helles Licht. Und etwas schien besonders: Der Leuchtturm erinnerte an eine Rakete, die jeden Moment abheben würde ... „Der Junge hat gesagt", unterbrach Schwester Ina seine Gedanken, „dass er ihn für Soey gemalt hat, weil er glaubt, dass sie jetzt einen Leuchtturm braucht. Einen, der sie sicher heimbringt, einen der sie beschützt, so wie sie es an jenem Abend für ihn getan hat."

„Mein Gott, wie rührend." Sebastian war den Tränen nahe.

Seine Gedanken kehrten zurück zu ihrer Flucht durch die Gassen der Wiener Innenstadt. Wie gern hätte er mehr Menschen geholfen, wie gern hätte er sich um die geschockte Frau gekümmert, die verloren auf der Straße gekauert hatte ... wie gern hätte er mehr getan. Hatte er wirklich genug getan? Wie viele Menschenleben waren genug? Wie viele hätte er retten können, ja retten müssen? War es egoistisch von ihm gewesen, sich nur um Soey und Dominik zu kümmern und sich all dem Leid um ihn herum zu verschließen? Was wäre geschehen, wenn er sich um die Menschen in der Trattoria gekümmert hätte und mit Soey und Dominik dort geblieben wäre? Hätten sie dann überlebt? Wäre der Attentäter womöglich noch einmal zurückgekehrt? Hätte er dann jenes Inferno ausgelöst, das Sebastian in seinem Traum gesehen hatte? *Verflucht,* dachte er, *wann ist es überhaupt je genug?* Hatte er nicht immer das Gefühl, das es nie genug war – ganz egal, was er auch tat? Warum quälte er sich gerade jetzt mit seinen Schuldgefühlen? Müsste er nicht glücklich sein, dass er zwei Menschenleben gerettet hatte? Wie würde es wohl der Mutter des Jungen gehen, wenn sie erfuhr, dass Oma tot war? Wie viel Leid hatte der Anschlag in die Familien gebracht? Wie sinnlos war es, dass unschuldige Menschen ihr Leben für diesen Wahnsinn lassen mussten? Sebastian seufzte. Einmal mehr hatte er das Gefühl, in dieser Nacht die bleischwere Last und all das Leid dieser Welt auf seinen Schultern zu tragen. Er fühlte sich wie Atlas, der Titan aus der griechischen Mythologie, der das Himmelsgewölbe am westlichsten Punkt der damals bekannten Welt stützte. Dabei konnte er die Welt nicht retten – genauso wenig wie Atlas es vermochte.

Wieder betrachtete er Soey. Plötzlich hatte er eine Idee. Vielleicht würde sie reagieren, wenn er ihren Lieblings-

song spielte? Mit zitternden Fingern holte er sein Handy aus seinem Arztkittel, den er routinegemäß übergestreift hatte, obwohl er heute gar keinen Dienst hatte.
„Ich komme später wieder", sagte Schwester Ina und öffnete die Schiebetür. „Danke", raunte Sebastian und wollte schon die Play-Taste drücken, als er auf dem Gang den jungen Straßenmusiker erspähte, dem sie vorhin zugehört hatten.

Als die Schwester die Tür schließen wollte, rief er ihr in einer plötzlichen Eingebung zu: „Warten Sie, Schwester." Er stand auf und trat zu ihr hinaus. „Wo ist der junge Mann, der gerade hier vorbeigegangen ist?"
„Ah, Sie meinen Luan, den jungen Chinesen?"
„Ja", sagte Sebastian.
„Er ist gleich gegenüber in Zimmer 283."

„Danke“, flüsterte Sebastian, klopfte an und öffnete die Zimmertür. Luan, der sich gerade in sein Bett legen wollte, blickte ihn verdutzt an.
„Hören Sie, Luan, ich möchte Sie um einen Gefallen bitten – für meine Freundin Soey.“
„Ja, ich erinnere mich an sie. Ist Soey die junge Frau, der meine Musik so gut gefallen hat?“
„Ja. Haben Sie Ihre Violine dabei?“, fragte Sebastian aufgeregt. Luan nickte. „Dann nehmen Sie sie bitte und kommen Sie mit!“

Leise traten sie in Soeys Zimmer und schlossen die Tür hinter sich.
Dann legte Luan die Violine auf seine Schulter und begann zu spielen.

Sebastian war inzwischen dicht an Soey herangerückt. Er legte den Kopf auf ihr Kissen. Wie gern hätte er ihre

Lippen geküsst, die sicher noch immer so warm und feucht waren, als wäre nie etwas geschehen. Doch die Sauerstoffmaske verhinderte es. Während die Klänge von Luans Violine das Zimmer erfüllten, hielt Sebastian ihre Hand fest umschlossen – so wie damals, als sie Hand in Hand durch Linz geschlendert waren. Plötzlich spürte er eine Bewegung. *O mein Gott!* Ihre Finger bewegen sich! Sebastian sprang auf und wollte am liebsten schreien vor Glück. *Sie wacht auf! Endlich*. Dann schlug Soey die Augen auf. „Liebling! Wie geht es dir?“, flüsterte er, während er durch ihre weichen Haare strich. „Ich habe mir solche Sorgen gemacht.“

„Ich … ich bin hier, hier bei dir“, stammelte Soey leise und er merkte, wie schwer ihr das Sprechen fiel. „Ist … ist das der … der Straßenmusiker?“, stotterte sie mit Blick auf Luan, der ihr lächelnd zunickte. „Ja“, sagte Sebastian, der nie glücklicher war als in diesem Augenblick. Soey war zurück bei ihm. Nichts konnte mehr geschehen. Vergessen war das Inferno, das alles vernichtende Feuer, vergessen all die bangen Minuten, der Schock des Terrors, vergessen all die Ängste, die er ausgestanden hatte. Nichts zählte mehr, hatte er doch das Wertvollste zurückbekommen.

Wieder war Sebastian im Stephansdom, doch dieses Mal war alles anders. Obwohl er die tiefe, beruhigende spirituelle und schützende Aura dieses Ortes wahrnahm, spürte er auch zugleich eine tiefe Verwundbarkeit. Ja, die letzten Tage hatten ihm eindrucksvoll demonstriert, wie verletzlich und verwundbar sie alle waren. Kein noch so ausgeklügeltes Sicherheitssystem konnte sie davor bewahren, verletzt zu werden. Sicherheit war nichts als eine Utopie. Doch war es nicht gerade der biblische Gott, der für verwundbare Menschen eine besondere Schwäche hatte? Schließlich zog sich dieses Thema wie ein roter

Faden durch die gesamte Schöpfung: Denn jedes Geschöpf war verwundbar, ebenso jedes Land, jeder Ort …
Manchmal haderte Sebastian mit sich und seinem katholischen Glauben, obwohl er bereits als kleiner Junge Messdiener gewesen war und seinen Glauben bis heute nicht abgelegt hatte. Und doch gab es auch jetzt etwas, das ihn glauben ließ: Sebastian glaubte, dass jeder Mensch – ganz egal, wie groß die Krise auch immer sein mochte – aus eigener Kraft immer wieder aufstehen konnte. Manchmal schaffte man es nicht allein, oft genug brauchte man Hilfe. Doch es war möglich. Und vielleicht hatte die Verletzbarkeit ja auch etwas Gutes? Denn gerade wenn man liebte, machte man sich verletzlich. Man ging dieses Wagnis ein, weil man wusste, dass die Liebe es wert ist. Sebastian dachte an Soey Und daran, wie glücklich er war, dass sie wieder bei ihm war …

Nachdenklich setzte er sich. Gleich würde die Preisverleihung beginnen, und noch immer stellte er sich eine Frage: *Warum gerade ich?* Es hatte doch so viele Helden an jenem Abend und in jener Nacht gegeben. Solche, die ihre Mitmenschen in Sicherheit brachten, solche, die einfach da waren und die Hand derer hielten, die in dieser Nacht jeden Halt verloren hatten, und solche, die ihr eigenes Leben riskierten, um das Leben eines anderen zu retten.

Langsam füllten sich die hinteren Reihen mit Medienvertretern. Einige Fotografen kamen nach vorn und positionierten sich, um das Rennen um den besten Shot zu gewinnen.

„Du siehst traurig aus", sagte Dominik, der neben ihm saß.

„Ja, ich bin schon etwas traurig, aber auch froh, dass wir heute hier sitzen können und diesen Wahnsinn überlebt haben."

Dann hörte er das Klicken der Fotoapparate. Er drehte sich um und sah den Bundespräsidenten schnellen Schrittes durch die Reihen nach vorn gehen. Er lief an ihm vorbei, stellte sich ans Pult, begrüßte ihn und die Medienvertreter mit einem kurzen Nicken, legte sich die Blätter seiner Rede zurecht und begann.

„Sehr geehrte Gemeinde, lieber Pfarrer Tonio Fabricio, sehr geehrter Sebastian Blum, liebe Anwesende. Der feige und hinterhältige Anschlag vom 2. November hat uns alle tief erschüttert. Nun kommt es darauf an, dass wir uns entschlossen einem Akt brutaler und willkürlicher Gewalt entgegenstellen. Dabei dürfen wir uns jedoch nicht auf einen Kurs festlegen, der Hass und Ausgrenzung zum Maßstab unseres Handelns macht. Und, meine Damen und Herren, eines hat jener 2. November uns auch ganz klar vor

Augen geführt: Vor solchen Angriffen sind wir nie gefeit. Wir müssen wachsam bleiben und schnell, beherzt und entschlossen handeln, wenn es die Situation erfordert. So wie es Professor Sebastian Blum getan hat, der sich unter Einsatz seines Lebens gegen die übermächtige Kraft des Terrors stellte und damit das Leben vieler Menschen, vielleicht sogar das einer ganzen Kirchengemeinde rettete. Es ist mir eine ganz besondere Ehre, die Goldene Medaille heute an Sie zu überreichen."

Erst jetzt blickte der Bundespräsident von seinem Pult auf und sah Sebastian an, der sich langsam von seinem Platz erhob, unter dem Klicken der Fotoapparate nach vorn ging und die Medaille in Empfang nahm.

„Herzlichen Dank, sehr geehrter Herr Bundespräsident", sagte er sichtlich gerührt mit belegter Stimme. „Ich freue

mich sehr über diese Ehrung und möchte sie stellvertretend für all jene in Empfang nehmen, die in dieser Nacht Außergewöhnliches geleistet haben."
Sebastian hatte den letzten Satz noch nicht beendet, als Dominik aufsprang und mit den Worten „Mein Held!" auf ihn zustürzte und ihn stürmisch umarmte.
„Ja, so bleiben!", riefen einige Fotografen, die begeistert waren über das unerwartet emotionale Motiv und die beiden zu dirigieren versuchten. „Etwas mehr nach rechts", und „Dominik, bitte etwas mehr mittig … Ja, so ist es perfekt."
Es war ein rührender Moment der Menschlichkeit, ein Augenblick der Unbeschwertheit, der all die Unbill, die das Virus in ihr Leben gebracht hatte, all die Widrigkeiten und Verletzungen und sogar die hässliche Fratze, die der Terror einmal mehr entblößt hatte, für einen Augenblick vergessen ließ.

„Du wirst die Welt niemals
richtig genießen,
bis nicht das Meer
durch Deine Adern fließt,
dich der Himmel zudeckt und
die Sterne Dich krönen."
(Thomas Traherne)

Einige Tage später, in Salzburg. Ein sonniger Spätherbsttag neigte sich dem Ende entgegen, während Sebastian und Soey Hand in Hand an der Salzach entlangschlenderten. Der Wind wehte immer wieder Blätter der fast kahlen Platanen zu ihnen herüber. Wie bunte Blüten regneten sie auf den kalten Asphalt. Soey beobachtete das Treiben wehmütig. Es fiel ihr schwer, sich vorzustellen, Sebastian verlassen zu müssen und in einigen Stunden zurück in Berlin zu sein. *Abschied ist ein scharfes Schwert,* dachte sie. Warum nur fiel es ihr so schwer, loszulassen? Schließlich war es kein Abschied für immer. Sie musste nur für kurze Zeit loslassen. Wie die Natur: Die Bäume gaben ihre prachtvollen Blätter dem Wind preis und würden bereits im Frühjahr zu neuem Leben erwachen. Und obwohl Soey wusste, dass es nichts Neues, kein Erwachen, kein Glück, kein Wiedersehen ohne die vielen kleinen Abschiede geben konnte, die das Leben immer wieder bereithielt, machte sich Wehmut breit, die sich schwer auf ihre Stimmung legte. Wieder einmal war sie Teil der ungestümen Gezeiten des Lebens. Was blieb waren die Erinnerungen an die vergangenen Tage, die sie für immer in ihrem Herzen tragen würde. Soey lächelte, als sie daran dachte, wie sie beide im Sturm ihrer Leidenschaft fast das Bett in Brand gesetzt hatten ... Sie waren so verliebt, verrückt nacheinander gewesen, so versunken ineinander, dass alles um sie herum aufhörte zu existieren. Erst als der verbrannte Geruch des Kissens beißend in ihre Nasen strömte, hatten sie das Feuer mit Sebastians T-Shirt gelöscht. „Puh, das was knapp!“, hatte Sebastian mit gespielt strengem Blick auf ihre Kerzen gesagt. Doch schon kurz darauf war alles vergessen. Sie lagen sich wieder in den Armen, spürten die Zartheit ihrer Haut, sogen gierig den Duft des anderen ein ... Als sie wenig später miteinander verschmolzen, war es so intensiv, dass Soey glaubte, sich jeden Moment aufzulösen.

„Ich bin so froh“, sagte Sebastian nach einer Weile, „dass es dir wieder so gut geht. Du ahnst gar nicht, wie viel Angst ich um dich hatte! Ich weiß nicht,

was aus mir geworden wäre, wenn du nicht bei mir geblieben wärst …“ Soey küsste ihn und spürte, wie dankbar sie war.
„Glaubst du“, fragte sie unvermittelt, „dass wir uns auch ohne ForeverLove begegnet wären?“
Sebastian schüttelte den Kopf, „Nein, ich glaube, wir wären uns nie begegnet.“ Er zog sie ganz fest an sich und gab ihr einen langen, intensiven Kuss. Soey schwebte. Wie wundervoll leicht doch alles sein konnte. War es da nicht ein wenig absurd, dass sie ausgerechnet in einer Zeit zueinandergefunden hatten, in der ein Virus es sich zur Aufgabe gemacht hatte, der Liebe einen dicken Strich durch die Rechnung zu machen? Ein Virus, das Menschen in Isolation schickte, Paare trennte und Familien vor ganz besondere Belastungsproben stellte. Nichts war so verrückt wie das Leben und so unberechenbar wie die Liebe.

Verliebt spazierten sie Hand in Hand über den Markartsteg in Salzburg, als ihnen eine Frau mit einer Zeitung in der Hand begegnete. Sie lächelte sie beide an. Als Soeys Blick auf das Titelfoto fiel, wusste sie auch warum. „Du bist überall“, flüsterte sie. „Ich bin so stolz auf dich!“ … und küsste ihn.
Dann klingelte ihr Handy. Versunken in ihren Gefühlen, kramte sie das kleine Telefon aus ihrer Tasche und schaute aufs Display. Heidi? Wie lange war das jetzt her? Wie mochte es ihr wohl gehen? „Entschuldige, Sebastian, da muss ich kurz dran“, sagte sie.

„Ja, kein Problem“. Sebastian blieb stehen und betrachtete die Festung.

„Hallo, Soey“, hörte sie die vertraute Stimme der jungen Frau. „Wie geht es dir?“, fragte Soey und freute sich über das unerwartete Lebenszeichen. „Mir geht es so gut wie lange nicht mehr.

Ich musste dich einfach anrufen, um dir die frohe Botschaft zu überbringen. Du wirst nicht glauben, was geschehen ist: Ich bin wieder schwanger. Es ist noch ganz am Anfang, aber dieses Mal werde ich das Baby bekommen können!“

„Wow“, erwiderte Soey, „was für eine wundervolle Nachricht!“ Sie vollführte einen kleinen Luftsprung. Sebastian beobachtete sie belustigt. *Was für ein kleiner Wirbelwind sie doch ist,* dachte er dabei. *So authentisch, lebendig und voller Lebensfreude.*

„Danke, dass du mir das gesagt hast, Heidi. Wir müssen uns unbedingt sehen, wenn ich aus Salzburg zurück bin.“

„Ja, genieße deine Zeit dort. Bist du mit einem Mann da?“, fragte Heidi. „Ja“, sagte Soey. „Sieht er gut aus?“, „Ja, sehr!“ „Das habe ich mir fast gedacht. Du klingst so glücklich. Ganz anders als damals. Fast frei, schwebend, wie ein Schmetterling. Wie schnell sich das Leben ändern kann. Ich freue mich so sehr mit dir …"

Als Soey das Gespräch beendet hatte, zog Sebastian sie in seine Arme und küsste sie. Dann lenkte er ihren Blick auf die Festung Hohensalzburg. Sie standen auf dem Steg und betrachteten das majestätische Gemäuer, das stolz über den Dächern der barocken Altstadt thronte. „Die Festung sollte das Fürstentum und die Erzbischöfe vor feindlichen Angriffen schützen", erklärte Sebastian. *Ja,* überlegte Soey, *vielleicht könnte unsere Liebe wie eine Festung sein, die in einer Zeit wie dieser alles übersteht.* Eine Festung, die ihr Zuhause war, ihr sicherer Hort, der ihr Halt und Zuflucht bot, egal was dort draußen in der Welt auch geschehen mochte. Was für ein wunderschöner, faszinierender Gedanke!

Immer mehr träumte sich Soey ins Innere dieser Festung. Sie betrat die Räume, die schlicht, und majestätisch zugleich waren, sah die dicken Mauern, die alten Steine im Mauerwerk, wo an manchen Stellen der Putz bröckelte, und doch hatte der Festung der Zahn der Zeit nichts anhaben können. Fest und unerschütterlich stand sie da. All die unruhigen Phasen, die sie erlebt hatte, all die Dramen, die sich in ihrem Inneren abgespielt hatten – Eifersucht, Verrat, Intrigen, Verlust, Betrug –, all das hatte sie überstanden. Und hatten sie nicht beide auch schon viele unruhige Zeiten überstanden? War es nicht gerade das, was ihre Liebe zu etwas Besonderem machte?

„Du bist meine Zuflucht und meine sichere Festung", zitierte Soey einen Spruch aus der Bibel, der ihr gerade eingefallen war. Sebastian blieb stehen und sah ihr tief in die Augen:

„Wie gern ich deine Festung bin", sagte er, „du ahnst nicht, wie sehr ich das für dich sein möchte. Wie lange habe ich auf eine Frau wie dich gewartet! Dabei fällt mir ein, dass ich dir noch etwas geben muss. Von Dominik." Er zog das gefaltete Blatt Papier aus seiner Jackentasche. Soey betrachtete es und war den Tränen nah. Ein Leuchtturm. „Ja", sagte Sebastian und küsste ihr sanft die Tränen weg.

„Hast du eigentlich schon die vielen bunten Schlösser am Brückengeländer bemerkt?", fragte er und lenkte ihren Blick darauf.

„Ja", sagte Soey. „Ich nehme an, sie wurden von Verliebten hier angebracht."

Sebastian nickte und trat mit ihr an das Geländer, an dem Tausende der bunten Vorhängeschlösser hingen. Einige waren mit Inschriften wie „I love you" versehen, andere zeigten Initialen und waren schlicht gehalten – große, kleine, dicke, dünne, herzförmige, runde, quadratische … Die Schlösser waren so bunt wie die Liebe der Menschen, die sie dort angebracht hatten. Plötzlich fiel Soey etwas ein. „Weißt du", sagte sie, während sie in ihrer Handtasche kramte, „dass mir mein Vater vor seinem Tod ein kleines, schlichtes, goldenes Schloss geschenkt hat? Er sagte damals zu mir: ‚Soey, es wird der Tag kommen, an dem du weißt, wofür es bestimmt ist. Und es wird ein ganz besonderer Tag sein. Dann ist es Zeit, dass du dich an meine Worte erinnerst: Als du geboren wurdest, kamst du mit vielen wundervollen Gaben und Ideen auf diese Erde. Später wusstest du genau, was du erleben und erreichen willst und auch wie der Mensch aussehen soll, mit dem du durch dieses Leben gehst. Doch im Laufe der Jahre geriet alles mehr und mehr in Vergessenheit. Du hast begonnen, dich anzupassen, einen Teil von dir aufzugeben, hast begonnen, dich auszurichten, zu kämpfen oder dich zu verstecken. Irgendwann hast du angefangen, etwas zu suchen, weil du gespürt hast, dass du den Schlüssel zu deinem Innersten verloren hast. Du hast eine Leere in dir gespürt, hast gespürt, dass dir etwas fehlt und dass es da noch mehr geben muss. Und wenn du dann endlich den Schlüssel findest, der dein Herz und deine Seele öffnet, sie befreit und fliegen lässt, darfst du das, was du gefunden hast, nie wieder loslassen. Wenn es so weit ist, wirst du es spüren!‘ Damals muss ich ihn ziemlich ungläubig angestarrt haben, weil ich nicht verstand, was ich mit einem solchen Schloss sollte. Aber jetzt, in diesem Augenblick, schließt sich der Kreis und die Worte meines Vaters ergeben einen Sinn.“ *Danke Papa,* dachte Soey und er fehlte ihr mehr als je zuvor.

Schließlich zauberte sie das Schloss aus ihrer Tasche hervor. Es war ein geradezu feierlicher Augenblick.

Sebastian lächelte. „Und wieder wirst du sagen: Es gibt keine Zufälle im Leben!“

„Ja, so ist es“, schmunzelte Soey. „Du kennst mich schon ziemlich gut. Und weißt du, was wir jetzt machen werden?“, fragte sie übermütig, während sie auf das Geländer kletterte und darauf balancierte.

„Komm da sofort runter“, rief Sebastian erschrocken. Aber Soey dachte nicht daran. Sie fühlte sich so wunderbar, befreit, voller Freude, so unbeschwert wie schon lange nicht mehr. „Komm in meine Arme“, bat Sebastian und Soey ließ sich fallen. „Mach das bitte nicht so oft. Ich habe Angst um dich. Ich will dich nie wieder verlieren.“

„Das wirst du auch nicht. Und damit unsere Liebe ewig hält", flüsterte Soey, „werde ich dieses kleine Schloss jetzt ans Geländer schließen." Soey nahm Sebastians Hand und suchte mit ihm eine Stelle in der Mitte der Brücke. Dann bückte sie sich und hakte es liebevoll ein. „So, und nun darfst du den Schlüssel in den Fluss werfen", sagte sie. Sebastian nahm den winzigen Schlüssel, drehte und wendete ihn wie einen seltenen Edelstein in seiner Hand und gab ihr einen Kuss. Dann warf er den Schlüssel mit den Worten „kleines Schloss, große Liebe" in den Fluss. Gebannt verfolgten sie, wie das winzige Stück Metall versank. Vermutlich würde es ewig dort auf dem Grund der Salzach liegen. Sebastian gab Soey einen innigen Kuss, der sie mit seiner absoluten Bedingungslosigkeit erfasste und hinwegspülte wie der Fluss, der unter ihnen dahinströmte. Er schien etwas von jener

Ewigkeit, jener Unendlichkeit zu versprechen, nach der sie sich so lange gesehnt hatte. Es war ein Moment, in dem das Meer durch ihre Adern floss und jene Glückseligkeit sie durchströmte, die die Zeit überdauert.

Epilog

„Und wieder war es der Wind“, murmelte Kapitän de Vries schmunzelnd vor sich hin, während er das Buch aus seiner Hand gleiten ließ, „der mich so etwas Schönes erleben ließ ...“
Was ist wohl aus Soey und Sebastian geworden?, überlegte er, während er sich eine seiner geliebten Zigarren anzündete und einen tiefen Zug nahm. Genüsslich blies er den Rauch in die laue Morgenluft und verfolgte gedankenverloren die kleinen grauen Wölkchen, bis sie sich langsam auflösten. Ob ihre Liebe die Zeit überdauert hatte? De Vries nickte. Wenn es etwas auf dieser Welt gab, das die Kraft hatte, allen Stürmen zu trotzen und Raum und Zeit zu überdauern, dann war es die Liebe! „Und gäbe es nicht das Herz, das du liebst, wärst du feiner Staub, den der Wind davonträgt“,

zitierte er leise seinen Lieblingsdichter Khalil Gibran und lächelte wissend. Nur wer den Wind kennt, weiß, wozu Liebe fähig ist.

Und während er weiter darüber nachdachte, setzte er gut gelaunt die Segel und nahm Kurs auf Sardinien. Davon hatte er schon so lange geträumt!